张刚，男，生于海南文昌，重庆秀山人。

著有《当代秘书要义》《若有所思话德国》《黄葛树下》《灵魂之趣：心灵与大千世界的对话》等。其中，后三部专著先后被美国芝加哥大学东亚图书馆、芝加哥艺术学院和重庆市档案馆等机构收藏。

系中华人民共和国成立70周年天安门广场游行重庆彩车创意文字设计作者之一。部分作品入选大专院校和中学教材。

张刚 / 著

时光边缘

图书在版编目（CIP）数据

时光边缘 / 张刚著. — 重庆：重庆出版社，2022.6
ISBN 978-7-229-16909-1

Ⅰ.①时… Ⅱ.①张… Ⅲ.①散文集–中国–当代
Ⅳ.①I267

中国版本图书馆CIP数据核字(2022)第095045号

时光边缘
SHIGUANG BIANYUAN

张　刚　著

责任编辑　周英斌　苏　杭
责任校对　朱彦谚
装帧设计　夏　添　刘　洋

重庆出版集团 出版
重庆出版社

重庆市南岸区南滨路162号1幢　邮政编码：400061　http：//www.cqph.com
重庆新金雅迪艺术印刷有限公司印制
重庆出版集团图书发行有限公司发行
E-MAIL：fxchu@cqph.com　邮购电话：023-61520646
全国新华书店经销

开本：889mm×1194mm　1/32　印张：10.25　字数：230千
2022年6月第1版　2022年6月第1次印刷
ISBN 978-7-229-16909-1
定价：68.00元

如有印装质量问题，请向本集团图书发行有限公司调换：023-61520678

版权所有　侵权必究

风景眼

叶梅

人间四月天，草长莺飞，芳菲依然，在此之前本有一次采风的机会去往山城重庆，却因为一直起伏不定的新冠疫情而延迟到不知何时。恰在近日读到张刚的随笔集《时光边缘》，不由觉得，许多的风景及味道已经密密实实地朝我走过来了。

正是重庆的风景，重庆的味道。

那是一座值得一去再去的城市。重庆历史上三为国都，四次筑城，是巴渝文化发祥地，文字记载已有3000余年。"天下诗人皆入蜀，行到三峡必有诗。"历朝历代，凡沿江上下的文人墨客无不流连于此，李白、杜甫、白居易、刘禹锡、李商隐、黄庭坚等都曾在重庆及三峡一带写下脍炙人口的诗文。宋代苏轼的《渝州寄王道矩》就让人遐想不已："曾闻五月到渝州，水拍长亭砌下流。惟有梦魂长缭绕，共论唐史更绸缪。"重庆古时称渝州，苏轼去时，一定是坐在江边长亭，听水浪拍打，话唐史风流。一晃千载已过，当年的渝州如今已是中国西南部及长江上游地区的经济、金融、科创、航运和商贸物流的中心，"一带一路"和长江经济带重要联结点及内陆开放高地，更为文艺创作提供了丰厚的源泉。

经历丰富的张刚并非一位职业作家，但他的阅历和视角恰是对应了这座城市的多方位，包括自然山川、市井风情、人际交往，甚至官场生态等，真实地、有滋有味地展现了当下重庆这座超大城市的律动和风貌。

在他的笔下，重庆"有山有水，大山大水，江峡相拥，山环水绕"，而且得天独厚，重庆人勤劳智慧、坚韧乐达，敢于创造奇迹。"这里逢山开路，隧道在道路中的占比之高全球罕见；这里遇水架桥，世界桥都的美誉声名远播；这里两江汇流，越过百舸争流随时可见孤帆远影碧空尽的辽远壮阔；这里轻轨曼妙，穿楼而过、穿云破雾，给人魔幻现实主义的心灵震撼。"张刚以笔扫描，使读者掠过重庆主城区联结沟通两江四岸的路、桥、船和隧道，还有更劲爆、往来穿梭于长江和嘉陵江上的索道缆车。在浏览这些文字中也仿佛乘习习江风，伴朵朵云彩，俯瞰天堑变通途，感受这座现代化山城惊人的蜕变，奇特的个性及浪漫风姿。

重庆目前有常住人口3000多万，辖中心繁华城区，也含涪陵、万州、黔江等地的城镇乡村，张刚的家乡秀山便在其中。他的随笔难免一抹乡愁，在《秀山西街》《梦回初恋是边城》《川河盖上思归亭》等篇什里，咏叹青山绿水之美，将或近或远的人事与山川风物相融合，寻觅着人生的真谛。在经历了很多人情冷暖、世态炎凉后，他的诉说更愿意选择回归自然，用脚去丈量山水林田湖草沙，与之对话，体会纯净的山野之风对心灵的荡涤，并由此写出一篇篇随笔和带有青草气息的小诗。

随笔应是散文的一种体裁，篇幅相对短小、精当，可以抒情、叙事或议论，好处在于可一事一议，一景一描，灵活自由。在我看来，好文章不计短小，而重在言之有物。宋代文人洪迈在《〈容斋随笔〉序》中对此释为："意之所之，随即纪录，因其后先，无复诠次，故目之曰随笔。"所谓"意"，可指意境、意趣、意韵，这在张刚的随笔里都能读到。"有几人不曾深切体验过山重水复疑无路，柳暗花明又一村的风雨人生的五味杂陈呢？"上接"天线"，下接"地气"，"百炼钢化为绕指柔"。他的随笔或借物抒情，或借事说理，表达了对人生，对社会，对世界的体验和思考，耐人寻味。

读张刚的随笔，不由想起清代纪晓岚的《阅微草堂笔记》，薄薄的小书，数十篇短文，每篇多则几百字，少则几十字，但读来令人兴致盎然，掩卷之后仍似意犹未尽。张刚的《时光边缘》也不时有让人回味之处。如写古代渝州铜梁有一位知县留下名言："得一官不荣，失一官不辱，勿说一官无用，地方全靠一官；吃百姓之饭，穿百姓之衣，莫道百姓可欺，自己也是百姓。"张刚在文中感慨道："这耳熟能详的良心话说得好清透呢！"再如写到秀山那地方的人爱唱民歌，著名的花灯民歌《黄杨扁担》就出自秀山溪口乡，多年前农民吃不饱饭闹春荒，但当地酷爱唱民歌跳花灯的小两口却道："管他的嘀，先跳段花灯再去找米下锅哟！"一句话勾勒出了重庆人乐观爽朗的性格。还比如写到考古工作者在重庆秀山县发现了一条4.23亿年前的化石"边城鱼"，这次重大发现，使人类全面认识有颌类的早期身体结构、脊椎动物"从鱼到人"的演化有了关键的实证。一条小鱼，穿越数亿年时光，与当代人邂逅相遇，而张刚由此联想，抒发了更多对生命的珍惜和敬畏。

长江是中华民族的母亲河，从张刚随笔中可以得知，近几年来，重庆各地摒弃房地产开发"找快钱"的思路和做法，着力建设"长江风景眼、重庆生态岛"，追求"天人合一""知行合一"，"把尊重、顺应和保护自然放在第一位，持续不断地护山、理水、营林、疏田、清湖、丰草，自然恢复和生态修复日见良好，基本实现了山青、水秀、林美、田良、湖净、草绿，为更多的动物提供了栖息地，丰富了生物的多样性"。读到这样的文字，不禁让出生于三峡之畔，喝着长江水长大的我尤其欣喜不已。

张刚还爱写诗，他在《时光边缘》的夹叙夹议之间，还缀上了一首首小诗，也就是他在山野里、大江边、孤灯下灵感迸发的一行行韵律，"而我呢／更喜欢壮怀激越／恰似雄狮不经意地／前爪触碰剑刃的锋利／即使低回／也只想变成／亚马孙森林的那只蝴蝶／扇动双翅／混沌中飞翔／悄无声息"。与此同时，他还摘录了与一些朋友交流诗歌的微信，可将其视作有感而发的民间诗论，从中掂量出读者对诗歌的各种期待，也从中折射出当下的某些社会心态。

张刚目前已出版诗集《黄葛树下》、散文集《灵魂之趣：心灵与大千世界的对话》等5部，难能可贵的是，他的写作不仅有对历史的回顾，自然的抒怀，更有对现实的观照，他贴近生活，接地气，察民心，面对时代的种种矛盾难题，真诚地亮出心迹，据理分析，不回避不虚伪，表现出一位书写者以文化人、以德润心应有的道义和情怀。他对近年发生的新冠疫情也表示了诸多看法，不无道理，"新冠疫情的突如其来，一下子打乱了全人类进入21世纪第三个十年的发展进程和一切预期，打乱了人们的日常工作和生活的方式和节奏；又出乎意料的是，一股保护主义、单边主义、民粹主义思潮及其掀起的逆全球化浪潮，给我们稳中求进高质量发展的国家外部环境和整个世界发展带来了更大的不确定性。罕见的新型病毒，变中生变、变上加变，世界动荡变革，每一个国家在大变局中经受着挑战和考验，每一个人也都将经受进一步的大大小小的考验"。张刚这些大到对世界的看法，小到该不该回老家过年的思考，渐次升华到生命价值的层面，坚定着自我人生意义的追寻，正如他不断进行的心灵与大千世界的对话，在接受人生无数考验的心路历程上领略到闪光的灵魂之趣。

迄今为止，我还未曾与张刚谋面，但因为读了他的这些随笔，倒仿佛已是再熟悉不过的了。了解一个人，其实外貌并不重要，重要的还是其真实的内心。有的人，你可能与他相处多年，也未能听到他一句真话，未能望到他的心灵，所以对你而言，这人永远是陌生的；而有的人虽然未曾见面，但他的文字已袒露了他的世界，你徜徉其中，知晓了所有的花朵和野草，明白他原来度过的是这样的一些时光，看到的是这样的一些风景，又有着这样的一些心思，于是你渐觉相识，渐觉亲切。

  张刚的《时光边缘》便是这样让我们进入到现实而又浪漫的风景眼，让读者识得他的内心，也识得而今的重庆。

2022 年 5 月 4 日于北京广安门外

目录

风景眼 叶梅

生命如尘　岁月留香

"长江风景眼"的味道　/ 3
秀山西街　/ 8
山城巷　/ 13
重庆的索道缆车　/ 19
黄葛树一样的重庆人　/ 22
同城共情我懂你的眼神　/ 26
乡愁里的那个"身影"　/ 30
主城都市圈的黎香湖　/ 34
袖珍边城鱼　/ 39
梦回初恋是边城　/ 43
为着清新听晨曲　/ 48

童趣在时间的颗粒度以外　/ 52

且衣万物以绚丽霓裳　/ 58

魔幻城市的别样温柔　/ 62

有眼光的选择是最好的开始　/ 68

心灵在川西高原上飞翔　/ 72

步步为营好风景　/ 77

渝沪一江腊梅香　/ 82

记忆是一段微醺后的即兴芭蕾　/ 87

关于一首小诗的那点儿事　/ 93

喜把虎年盼　/ 98

一起向未来　/ 104

幽默在春风里开出了花儿　/ 110

不知所起　一往情深

"神来之笔"的奇妙　/ 119

点亮开往春天列车的美人梅　/ 122

看山望水起乡愁　/ 126

新冠疫情中家乡的月亮　/ 130

渝中半岛恋爱城　/ 134

北戴河春雪　/ 140

当南风轻轻地拂过稻浪　/ 145

川河盖上思归亭　/ 151

无名湖畔诗意浓　/ 156

喜欢你无条件的喜欢　/ 160

中秋的月亮　/ 165

柠檬黄了的日子　/ 168

在那银色的海滩上　/ 176

关于灵魂的诗歌表达　/ 182

孤独是别样的一树花开　/ 188

小草之歌　/ 192

采菊东篱　欲辨忘言

示弱斋书房　/ 197

一位画家的时光边缘　/ 202

透过书房的午间阳光　/ 207

好看的书并不仅止于封面和开篇　/ 213

花落叶生美人梅　/ 216

被生活蹉跎着热爱生活　/ 220

其实我很想真正懂你　/ 225

"洗心洗诗"去平庸　/ 229

长城不是柏林墙　/ 232

云天随想　/ 238

月光小院　/ 243

银杏叶般美丽的故事　/ 247

古装戏　/ 252

手机情书　/ 256

最美遇见是少年　/ 261

修篱种菊约风亭　/ 267

六十岁年龄中的十六岁青春　/ 273

悖谬　/ 279

友情的故事　/ 284

理解　/ 288

我即将把你忘记　/ 293

致我今夜不知所终的灵感　/ 298

那惊为天人的容颜　/ 303

后记

生命如尘

岁月留香

"长江风景眼"的味道

今天是2021年3月14日，日子比较特别。

有朋友说，"2021314"，就是"爱你爱一生一世"。

有朋友说，今天是农历的二月初二，是龙抬头日。

有朋友说，今天对于我们重庆人来说有着特殊的意义，1997年3月14日，八届全国人大五次会议通过了设立重庆直辖市的决定。

"三喜临门"的日子，又逢晴好的星期天，怎能辜负这美好的春光呢？说走就走吧，我两口子决计开车出游，先去南岸区的长嘉汇，再去往心仪已久却未曾到访过的广阳岛。

无论白天还是晚上，重庆在山城、江城、山水之城的美景中最典型，最核心，最魅力无穷的精华是哪里？于我看来，那只能是长江嘉陵江环抱，以解放碑至朝天门1.3公里梦幻般通衢为主轴（可谓名副其实的"重庆大道"）的渝中半岛。

无论白天还是晚上，"跳出半岛看半岛"，欣赏渝中半岛的最佳去处在哪里？那当然是朝天门前两江汇流形成"夹马水"胜景的正对面，即南岸区的长嘉汇公园。

江风轻拂，阳光和煦，在长嘉汇公园漫步，心旷神怡。这个巨大的都市文化旅游综合体，其所在位置与重庆母城遥相呼应，对面就是解放碑中央商务区。站在公园的城市阳台上眺望，雄浑的长江、秀美的嘉陵江两相交汇，浩然东去；回头背望，百米左右高差的山城梯步蜿蜒上下，重庆"爬坡上坎"的城市风貌自然呈现，尽收眼底。"正看江，背看城"，山水之城、美丽之地特有的禀赋优势令人流连忘返。

徜徉打望一小时后，便驱车前往亲水乐江、近悦远来的广阳岛。

广阳岛面积约 6.5 平方公里，距市中心 11 公里，是长江上游最大的江心绿岛和生态宝岛。

近几年来，当地彻底摈弃房地产开发"找快钱"的思路和做法，紧扣"长江风景眼、重庆生态岛"的战略定位，追求"天人合一"的价值理念和"知行合一"的人文境界，把尊重、顺应、保护自然放在第一位，持续不断地护山、理水、营林、疏田、清湖、丰草，自然恢复和生态修复效果初显，基本做到了山青、水秀、林美、田良、湖净、草绿，为更多的动物提供了栖息地，也丰富了生物的多样性。

令人印象特别深刻的是，广阳岛在生态设施、绿色建筑的设计和建设上独具匠心。建设者们紧紧依托山环水绕、江峡相拥、岛湾一体、峰谷交错的山水脉络优势，孜孜以求的就是要让登岛游人在这里望得见山，看得见水，记得住乡愁。绿色、低碳、循环、智能理念在这里不是口号，而是硬核的实效。岛上的基础设施和人文设施以及清洁能源利用率达到100%，绿色交通出行率达到100%，实现了生活垃圾及污水对环境的零排放。在绿色建筑设计上，综合利用多种适应重庆地形的建筑设计手法，"将建筑轻轻放在自然环境中"，有序推进大河文明馆、国际会议中心、长江文化书院、生态文明干部学院、千里广大文旅综合体等一批优质项目，着力打造独具特色的生态智慧岛，建设巴渝版的当代"富春山居图"。

同样给人美好感受的，还有粉黛草田那质朴清新的自然风光，广阳营那令人怀旧发呆的人文气息，东岛头那铺向江边天际的绿云一般的草坪……我边走边看边拍照，并发给多位好友共享。一会儿，便有两位朋友不谋而合地圈出点赞了同一张照片，那是我从江边低处顺着绿草如茵的斜坡仰拍的，一辆红白相间、静置路旁的脚踏车，背景是纤尘不染的蔚蓝天空，车在正中，蓝天和碧草上下空间各占一半。

两位朋友中，一位说这张照片美在意境，它应该是广阳岛春天的样子；一位说生活就应该是这样洁净和明媚，准备用它作电脑的开机图。

我不懂摄影，所以我格外认真地感谢两位朋友友善有加的亲切鼓励。

特别有意思的是在傍晚时分，我们就要离岛回家的途中，偶然跨进机场旧址一号营房的"新山书屋"打望，竟意外发现桌上赫然摆放着我的诗集《黄葛树下》，紧挨着的是由一位很熟悉的大家题写书名的《桥都重庆》。这出乎意料的发现让我颇感兴奋，马上向那位大家作了报告，他听了也感到高兴，幽默地说：好啊，这书店有你有我，好事成双啦。

我有一种闭上眼睛向往美好的感觉。

广阳岛的初春弥漫着优良生态纯净、甘甜的气息，像极了自己年轻时初恋的味道。

"迟日江山丽，春风花草香。"广阳岛上，抬头皆是美好，所见都很温柔，爱和春天正一天天长高、一天天美妙。写一首小诗吧，给广阳岛一个春天般温暖的拥抱！

味道

十里春风
十里樱桃
十里杨柳万千条
蓝天碧水
碧水蓝天
晕染绿岛千顷青青草
一切都是刚好
十六岁恋爱的味道
早了
稚气未消
晚了
俗气打扰
远离喧嚣

爱,在这里
一天天长高
一天天美妙

秀山西街

"蜀道有尽时,春风几处分。吹来黔地雨,卷入楚天云。"清代诗人章恺咏叹的重庆秀山,鸡鸣三省,五族杂处,地理处所和历史文化的搅拌孕育了她独具风韵的秀山西街。

秀山西街在哪里?车入三面环水、优美恬静的"小成都"秀山县城,沿老城十字街西行,毗邻梅江河西门码头两岸的八百户街区即是。友人相告,品西街精粹,最好是起个大早,去感受习早字、赶早场、喝早酒。

初春一日,6时左右,与友人相伴访西街。青光鉴人的石板路,串联起清一色的明清风格木质建筑。不时可见砖木雕刻,二龙戏珠、丹凤朝阳、鱼跃龙门、狮子滚绣球……造型自然生动,手法娴熟巧妙。晨曦初露,一些老宅已门庭大开,二进院落,有的还带有小天井,鱼池小巧,假山嶙峋,奇葩佳卉,清香四溢。主妇们或洒扫庭院,或晾晒鱼虾腌菜,而最令人感佩的是间或可见端坐练字的人,一人一桌,凝神不动,男女老幼皆有,或楷或草,或篆或隶,那心无旁骛的专注神情,让人感受得到其内心的静气和陶然。

友人介绍，秀山是"中国书法之乡"，西街书法渊源尤为深厚。自清代以来，由西门码头顺沅水入长江走向外面世界的当地名人，大多出身于西街及周边地区与书法结缘的名门望族。被雍正皇帝誉为"闽越治行第一人"的台湾兵备道兼按察使糜奇瑜，其专著《治台要略》手稿，因其重要的政治文化价值被中国台湾博物院珍藏；为纪念糜氏，台北至今还保留有"秀山街"名。孙中山留日时期的挚友、同盟会"十八大才子"之一兼书法家的贵州首任都督、民国政府军事顾问杨柏洲，为革命呕心沥血英年早逝，归葬桑梓之日，享"半世英雄终归土，一心革命赋予天"的特殊哀荣。到如今，在这条留有吴昌硕、何绍基、费孝通等大家墨宝的老街一带，全国书法协会会员多达二十余位，撑起了巴蜀书画界的"秀山现象"。

古老静谧的巷子，诗书相伴的传承，朝霞映照下的西街弥漫着岁月安好的幸福。

如果说习早字是西街的雅，那么赶早场就是西街的俗了。

约7时，世世代代前店后坊的西街人，家家户户都打开了店铺摆好了摊位，迎接城内市民和渝湘黔鄂边区客商，约两平方公里大小的西街上下仿佛在突然间便成了摩肩接踵、人声鼎沸的大市场。

日常生活用品，吃的，穿的，用的，看的，玩的，琳琅满目，应有尽有。饶有兴趣、摄人心魄的是那些西街独有的尤物：造型典雅、做工精美、高约两尺的中国红龙凤喜烛，构思精巧、上宽下窄、平纹与镂空交错编织的流线型圆筒花背篼、古雅精致、工艺品般让人不忍触碰的背箙和筲箕等竹编器物。还有那些匠心独运的手工店主，有的正用木石精心雕刻着秀山花灯舞蹈造型，有的在聚精会神地描绘乡土人物和边民风俗画，有的在一丝不苟地编织藤盒竹盘，还有补锅的、修鞋的、理发的、掏耳的、做媒的、算命的……加之偶尔有挑着担的主人和紧跟其后四只脚还沾着新鲜乡下泥土的精神抖擞的小黄狗擦身而过，浓郁的草根生活气息让人不由得想起沈从文先生在《边城》中对这方水土即小说原型地民俗生活那些世外桃源般的描述，令人心灵舒展，倍觉亲切。

这时，见一家店铺前买卖双方起了争执，趋前细听，才知道是买方购物"不找零"，执意要多给店主几元钱，争执不下，买方丢下钱便笑着跑开了。友人解释说，西街人世代精明，但也乐达豪爽，头天发财赚钱盈利或生意砸了，打牌输了，同老婆吵架了，一般都会在第二天赶早场时少取多予，图个吉利。西街兴早场数百年，天天都有这样的欢喜场景呢。

让人家多得一点，让自己心情好一些，古道热肠的西街人在庸常的日子里不断累积小满足和小幸福，这生活自然会因感恩和温暖而变得滋润的。

西街的雅与俗、静与动的和谐交融，就是不分你我大家一起乐乐呵呵地喝早酒了。

8点左右，早场交易尘埃落定，人们不计盈亏得失，也不分东西南北，大多会入乡随俗地三兄五弟邀约着来到河畔街边小店喝酒解乏，也算是为当天的早场作一个小结。

进入生意劲爆的店内，食客们一般会要上一份汤锅和若干油香粑、花生米、米豆腐和苞谷酒小酌小乐；做成大单生意的，则会专门嘱咐要几碟用秀山小芬葱调味的牛肉系列卤菜，还会叫老板勾两斤上好的纯高粱酒，与伙伴谈天说地，把盏言欢，甚或在大清早也要一醉方休。

等了半个小时，友人把我领进了小十字街南头临河一家老字号牛肉面馆。馆子极简朴，可迎面墙上《秀山早酒》四言诗却夺人眼球：

巴渝何求　秀山早酒
遍品神州　我家独有
醇酿土卤　梦中珍馐
执手互敬　舒服舒服
一杯落喉　全天抖擞
三盏下肚　天下敢走
学会早酒　无烦无忧
习惯早酒　都是朋友
醉美莫言　唯诗唯酒
至爱无疆　吾乡吾祖
皇天后土　喝哟喝哟
山高水长　还有还有

真有味道！作者谓谁？友人说不知详情，只知道同样爱酒懂酒的北京大学图书馆原馆长程郁缀老先生看后击节称好，赞其活泼质朴、新鲜有味。

早酒二两后，笔者若有所悟：人居其地，习以成性，积淀既久，西街大雅大俗的生活便生出了盎然的诗意来。

初春新月

新月一弯
恬淡超然
别样的渔舟唱晚
别样的水乡江南
不能自拔
我沉醉其间
说来惭愧啊，今夜
在这个无声却喧哗的世界
万物在蓬勃拔节
千帆正驶离港湾
而我只关注静默和靠岸
只想把漫天星光
弯曲成一抹
辽远纯净的幽蓝

山城巷

我爱上了渝中半岛的山城巷。理由有两条:

一是它符合我关于老重庆模样的想象,不愧为重庆市唯一以"山城"雅称命名的街巷。二是几近与山城巷一墙之隔处有郭沫若旧居,诗人郭沫若百年前的诗作《天上的街市》,在我看来仿佛就是写给今天的山城巷的。

阳春三月的一天上午,与曾在当地工作过的好友 L 先生相约,同往游玩。

山城巷是重庆城自明代起延续至今的一片古老街区。1900 年,曾有法国传教士在此地街坡上立杆点灯为路人照明,故又名天灯巷或天灯街。

它依山而建,沿崖而上,让人在步步登高向前看的感觉中不断体悟它的个性美。一条主街,伴随着一路的红、橙、黄灯笼,从低处的中兴路起步,自南而北蜿蜒向上,直达抗战时期外国使领馆集聚的领事巷,全长约 1500 米。主街左侧临崖,可俯瞰繁华市景和壮阔长江;右侧靠山,兼有与主街呈垂直分布的若干小街巷,随便转入,皆可曲径通幽,别有洞天，那里的传说和故事，弥漫着巴渝历史文化的醇香。

沿途是以山城棒棒军等本土题材为内容的墙面涂鸦，配有极简版的原生态"重庆言子"，质朴鲜活，诙谐风趣，令人捧腹。继续前行，上到相对平阔处，抢人眼球的是几栋古董式建筑，其中体量最大的，是明代石朝门旁边石库门建筑风格的厚庐。

抗战时期，作为国民政府首都的重庆云集了全国的达官显贵，彼时的山城巷毗邻外国使领馆区，背山面水，视域宏阔，自然成了社会名流向往的高标私家住宅街区。一些达官巨贾或购买老宅改造，或重金投入新修，师法海派建筑风格并融入诸多巴渝建筑元素，所建别墅和房舍大多中西合璧、独具特色，令人印象深刻。厚庐即是当年四川军阀刘湘的得力干将兰文斌的官邸，堪称那批建筑中的经典之作。

由此上行百米许，即是仁爱堂建筑群。该建筑群于19世纪末至20世纪初由法国天主教会主持修建，融合了罗马式建筑和传统中式建筑风格，典雅而又简朴。其中，体量最大的是砖石结构的仿罗马风格的两层围廊式建筑仁爱堂医院，门面最堂皇的是现今保存完好的经楼和神父楼。经楼入口处，有欧式造型的两层楼高的四根柱子，其壁上、柱面、柱头等处的涡卷栩栩如生，呈现着爱奥尼风格细节上的精美。去往经楼，便见一扇巨大的拱门，拱门上方是一个同样巨大的圆形木窗，仿佛还在诉说着往昔的庄严和肃穆。

大门旁边，有一小径通往体心堂遗址。意想不到甚至可谓让人眼前一亮，精神一振的是，那沧桑破败的钟楼和断壁残垣上的罗马式门窗，被建设者们用玫瑰花瀑装扮一新，鲜花点缀废墟，老屋邂逅玫瑰，独具匠心的艺术处理"化腐朽为神奇"，引得不少红男绿女打卡照相玩抖音，久久不舍离去。

当然，山城巷最吸引人的，还是浓缩了老重庆人生存状态的那些人间烟火味。向着靠山一侧的"半边街"，任何一条青光鉴人的石板路都会把人带进没有车水马龙喧嚣、没有叫卖嘈杂声响干扰的上好去处。幽静的四合院，别致的吊脚楼，有趣的防空洞，黄葛古树华盖如云，桃红柳绿鸟语花香，其间还隐藏着数十家轻奢老熟的山城汤圆店、巷巷老火锅、小日子茶馆以及咖啡馆、烧饼铺、红酒肆、剧本杀和令人眼花缭乱的小商店，足够兴趣各异的游客虚度闲逛一天时光。解放碑附近竟有如此恬适清新的"世外桃源"，若非亲历，恐怕任何人都难以置信呢。

爬坡上坎、走街串巷近两个小时，想找个小店歇歇脚了。这时，见十米开外一家院内老宅窗台上一只小猫似乎犯上了春困，它打着呵欠看了看我，觉得无趣，便自顾自地开启了午休模式。我俩呢，也有些犯困，L先生便选了阳光彻照、栀子花开的一角，两把躺椅，人各一把，一起品尝风味独特的熨斗糕后，他开始打盹，我还有点儿兴奋，便就着炒米糖开水嗑起了瓜子。眯缝着眼睛，边打望边想，这日子惬意啊，山城巷的人家几百年前也是这样过的吗？

神游八荒醒来，时间已近傍晚，久负盛名的山城巷坝坝席"天灯长筵"开始啦。

若干家的餐桌，顺着主街南北向一字儿摆开，街坊邻居竞相展示厨艺，拿出自家最好的一两道菜品放上长桌，水煮鱼、粉蒸肉、酸辣粉、冰汤圆等等热菜冷盘都有。大家围坐一起，也热情邀请游客入席，"天灯下的宴席""百家菜"的同乐，过往不恋，未来不迎，把盏切磋不分你我，互敬互爱其乐融融，当下不负，如此正好，好不开心的山城巷哟！

L先生说，一位背包走世界的帅哥实地深度体验后决定落户山城巷，不再浪迹天涯。去年，这位帅哥在重庆开了一家青年旅行社，本人则定居山城巷。有意思的是，他安排的外地客人重庆行，不论是作几日游，第一站总是渝中半岛的山城巷。

华灯初放，沿着陡峭的临崖栈道，我和L先生来到了听江亭。身边是六百多年不曾修补过的明城墙，前方是滚滚东流的万里长江，目睹着山城巷自上而下的通体辉煌，映照着流金溢彩的长江和长江两岸的万家灯火，我情不自禁地朗诵起了郭沫若的《天上的街市》：

远远的街灯明了/好像闪着无数的明星/天上的明星现了/好像点着无数的街灯……

一百年前，诗人新奇的想象强烈地表达着对自由的向往和对理想生活的祈盼，而这也似乎印证了山城巷百姓的一句古训："祈盼许愿满天灯。"

愿山城巷古老着年轻，理性着激情，于深沉和繁盛中永葆纯真和恬静，永葆令人艳羡的诗意的栖居。

山城巷

沿崖而上
品读你诗的芬芳
吊脚楼
层层叠叠
平平仄仄的沧桑
四合院
若隐若现
嘈嘈切切的吟唱
南纪门至领事巷
是最长诗行
幽静古雅时尚
明城墙还在发思古幽情
仁爱堂还在作欧罗巴幻想
石朝门憨朴着有点呆萌
抗战房和海派厚庐
还在回望中向往
夜幕降临
华灯初上
巴山夜雨时

天街映长江
是你最美的意象
诗眼呢
600年酝酿
在我心上

重庆的索道缆车

可能是年龄渐长的缘故,近些年来我越发地喜静不好动。

有朋友建议说,人到壮年保健康,必须动起来,要把时间更多地用于锻炼,健康与其他人生要义的关系是"1"和"0"的关系,"1"倒了,"0"再多也没用。而我通常与朋友讨论这类话题时,大都是自嘲式地为懒惰找托词:生命在于静止,运动就是摧残,我就信奉两个字——不动。

说得好听一点,我的选择是传统养生的雅;说得不好听一点,现在的我变迁了,很懒,与我们这座动感十足、激情四射的城市和市民的气质不太搭调。为此,我也没少受朋友们善意的奚落。

我曾请教多次来过重庆的天津好友 A 先生:"你觉得重庆人怎么样?"他的回答直截了当:重庆人都很好的,就是个别人少吃少动、没事多睡的龟式养生法"应当"赶紧改一改。

A 先生的专业背景是南开大学学法律的,他说话时用的是"应当",法律术语中的应当就是"必须"的意思。

我一时没好气,冷笑着怼他:"虚心接受,坚决不改!"

事实上,我真有点冥顽不化,行动上坚决不改。

前不久,中学同窗、北京好友Ａ先生一家来渝旅游,落地就问从高处看重庆母城什么地方是最佳去处。我不假思索地推荐两江索道,并说了一大串好在哪里的理由,他当即采纳。其实,我是有一点自己的"小九九"的:乘坐索道,与爬坡上坎一步步用脚去丈量山城步道相比,不知道会少耗好多体力,少流好多汗水哟。

哎,效果是歪打正着,Ａ先生一家对乘坐索道从空中俯瞰城市风貌很是满意。Ａ先生大发感叹,夸赞从空中俯瞰大山大水在两江四岸间激荡交融,这才看清楚了重庆主城区真的是城在山中,山在城中,城在水里,水在城里,是一座超级山城、超级江城的超级山水之城!

Ａ先生的夫人,一个从小跟着齐白石弟子学画画的土生土长的北京姑娘,也热情赞美重庆主城广厦林立比肩港沪,高低错落层次分明,梦幻之美中雄阔壮丽;在费正清当年认为"不适合人类居住"的地方建起这么一座不可复制的大城市,"赛博朋克"和"3D魔幻"真还不是浪得虚名的呢!

客人如此礼赞我们的城市,自己心里当然乐开了花嘛。本来是为了陪好客人的同时自己也可以偷懒少走路,但结果索道旅行令平原城市来的宾客对我们立体的城市喜出望外、赞美有加。这令我很是感动,也深受启发,写出了这首小诗,送给好友,也送给我亲爱的城市。

山城索道

扬子江上去去来来
嘉陵江上来来去去
超级胜景
你尽收眼底
半岛雄阔
高楼林立层次清晰
洪崖洞内
摩肩接踵红男绿女
轻轨列车
飞檐走壁上天入地
两江游轮
辉映四岸璀璨瑰丽
来福连廊
赛博朋克魔幻 8D……
你每一天都在行注目礼
问候重庆的每一位客人
以及半岛胜景的每一个细节
上帝迷惑了
猜不透你是往昔故事
还是未来传奇

黄葛树一样的重庆人

昨晚与 4 位朋友茶叙时，C 先生有些自我调侃地说，他头天晚上又遭其 26 岁的儿子"理麻"了。

他的儿子在成都一所知名大学本硕连读，取得学士、硕士学位后回到重庆一年多了，没有找到如意的工作，而他一直也不愿找人帮忙解决。于是，这天晚上就爆发了儿子"伙同"其母以二比一的多数优势对他施行"民主的暴政"，严厉指责他成天沉溺于自己理想丰满的个人世界里不能自拔，完全不懂这个社会现实骨感的真相，严肃警告有着一官半职的他"有权不用，过期作废""今后一定会后悔"等等。

他呢，也承认自己窝囊，但就是坚持不改，认为儿子找工作该咋个办就咋个办，不想放下自尊去求人办事，强调自己一辈子都是这样过来的，在这方面不想改变和委屈自己。

我和朋友们都会心地笑了，这是 C 先生鲜明个性的典型表现。我们这位老友是那种一辈子都有所坚持的人。从年轻的时候起，他就从不愿给人添麻烦，却又一直乐于助人。同事和朋友有事相托，无论是小孩读书、老人生病住院还是子女成人就业或其他方面，他一定会全心全意、全力以赴。中央电视台曾有一年春晚节目中有一个《有事请说话》的小品，里面的主角对朋友的事热心得感人，朋友拜托购买一票难求的春运火车票，他想都没想便一口应承，还说自己有过硬的"哥们儿"关系，可子虚乌有的"哥们儿"帮不了实实在在的忙，于是，他只得于天寒地冻中去排了一宿的队购得车票，兑现了自己对朋友的承诺。

当然，C先生可不是小品中的那个人物。在社会主义初级阶段的情况下，他会依法依规、创造性地运用规则和人脉关系，把别人拜托的事落实到位，其侠肝义胆、古道热肠和助人为乐的实际成效，在单位内部和朋友圈内一直有着良好的口碑。而对于自己家里的事，那就不一样了，要他出面找关系麻烦人，他便会莫名其妙地腼腆起来，态度消极不作为，家里的人常讥讽他"对外人比对家里的人好得多"。

该怎样评价C先生呢？这是一个见仁见智的问题，我于内心对他怀有很深的敬意。这人生一世的交友之乐，看得最重的不就是能够遇上几位说话靠谱、做事踏实的人吗？C先生学雷锋做好事帮助人从来都是"相逢点头笑，过后不思量"，帮了就帮了，从不图回报，事情过了，别人忘了，他也忘了，与那些锱铢必较的精致利己主义者作比较，给人的印象完全是"新旧社会两重天"的感觉。

有人说过，60年代、70年代出生的人中还有少数的理想主义者。我赞成这个观点，也对C先生的处世态度和方式表示理解和一定程度上的支持。

林则徐有句名言："子孙若如我，留钱做什么？子孙不如我，留钱做什么？"钱财方面是这样，职业选择从道理上讲也应该是这样，子女自己热爱什么就学什么、干什么，家长可以提意见建议，但归根结底是子女自己的事。我们当年不也是这样自己探索着，一步一步走过来的吗？家长"包"不了子女一辈子，任何人命中注定都会有一段或几段只能由自己独自走下去的路。

理想主义太稀缺，幸亏还有C先生。"三观"上几十年忠贞不渝的坚持，使得他成为了我们几位老友公认的幸福之人。

幸福和快乐是不完全一样的，快乐与快感更相近，幸福则需要有意义感，需要人在灵性之上有悟性，靠了灵性更靠了悟性，人生才能获得有意义感的幸福。C先生是有初心，有信仰，有追求，有奉献的人，是我们朋友中始终正能量充盈、幸福感满满的人。

重庆的市树是黄葛树，她给我最深最美的印象，就是坚定不移、坚持不懈、坚忍不拔。从不装腔作势，什么时候栽种就什么时候更替，与春夏秋冬无关，也绝不跟着其他树种亦步亦趋；在完全可预见的一个较长的时间范围内，她的这种品性大概率地不会改变，如果确需有所改变，那一定是为着更好地适应环境而与时俱进、蓬勃生长，那一定是一如既往地坚定不移、坚持不懈、坚忍不拔，永葆根深叶茂、华盖如云。

在我们的城市里，有时候我分不清楚是人影响了树，还是树影响了人，总觉得人像那树、树像那人，一个重庆人就是一棵黄葛树，一棵黄葛树就是一个重庆人。

在我的心里，C先生是一棵了不起的黄葛树。

致那年秋分种下的黄葛树

昨天，所有的树木华盖如云
你却秃了顶
今天，所有的树木秃了顶
你却华盖如云

明天呢
是个性继续鲜明
还是含混着玩起深沉

凝神谛听
阒然无声
秋风都懂流云
你却终不解风情

同城共情我懂你的眼神

渝中半岛十年,我最喜欢的树是黄葛树。

它是枝繁叶茂的高大乔木,根的长度是其高度的三至四倍,如果相对集中连片地种植,根与根之间相互缠绕,哪怕是在石头缝里,也一定会是你中有我我中有你,缠绕着把树根扎得很深很牢;树冠与树冠之间还会相互支撑,每一棵华盖如云,连成片又形成巨大的绿云般穹顶,为人们撑起阴凉。

渝中半岛十年,我最喜欢的水是朝天门前长江和嘉陵江交汇处的"夹马水"。

碧绿的嘉陵江与褐黄色的长江清浊分明,到了朝天门码头前激情相拥,同样的是你中有我我中有你,彼此激荡,漩涡滚滚,犹如千万匹野马分鬃,蔚为壮观,成就闻名遐迩的"夹马水"盛景。由此出发,融合了上游最大支流后的长江,向着三峡和大海的方向浩荡东去。

因工作调动,尽管今后还是"同城上班",但到了新单位毕竟会有诸多的不一样,重庆母城的山山水水、一草一木,我同她不可能再像以前那样如影随形地朝夕相处了。在这里学习、工作和生活了三千六百多天，"夹马水"多少次从我的梦中流过，黄葛树虬劲的根系早已延伸进了我的心底，这片浓缩了三千多年巴渝历史文化精髓神韵的土地，怎不令我心生魂牵梦萦的不舍情呢？

可接到调令后，没作什么致谢和道别，我选择的是静悄悄地离开。我对这类事的理解是这样的：大家风雨同舟这么多年，你心中有人家，人家心中自然会有你；你心中没有人家，你说再多煽情的话又有什么意义？如果是后者的话，还不如什么都不说，彼此相忘于江湖。

令我十分感动和兴奋的是，我不近情理的"低调"淡出，并没有影响良师益友们用微信予我以真诚的关爱和有力的鼓舞。

W 大姐和 D 大哥说：十年渝中人，一生渝中情。祝你工作顺利，请一如既往关注我们共同的渝中。

Y 女士说：认识你仿佛是在昨天，一眨眼你又要离开渝中了。好像昨天才相识，又仿佛相识了好多年。祝福你，也请祝福我们！

W 先生说：清朝赵熙写重庆母城是"万家灯火气如虹，水势西向复折东"，同朝文人何明礼写重庆母城是"烟火参差家百万，波涛上下浪三千"。建议兄弟用手中笔，心中情为三千年江州府，八百年重庆城加力歌咏！

Y 女士说：十年光阴，半岛共情，愿你把对渝中的美好记忆都融化在心底，盛开在诗中，共享在微信里。

博士 W 先生说：写诗作文，不是为了摘句，而是可以抒怀。离开，不是为了告别，而是可以甄别。怅惘，不是因为空间，而是不能理解。祝福，不是为了礼仪，而是因为感奋。祝你履新愉快，身体健康！

　　Y女士说：不说再见，人生因缘起，安然而来，坦然而去，有缘相遇，无缘别离。任时光流逝，总会忆起，那些闪亮如黄金的特质，真诚而朴素的善意。缘分是人生最美的风景，经历是人生最美的回忆。祝福你不断书写新的诗文，偶尔寻寻旧的记忆，履新愉快，时时顺意！

　　F先生说：不说再见，灵魂相遇，期待每个周末继续收到你的诗文。

　　X先生说：这些年来，周末和假日有你的诗文陪伴，很舒适，很温暖，很感动，期盼继续！

　　Y女士说：感谢信任，感慨无尽。天青不难见，秋水常澄明，孤帆碧空尽，长江天际流。

　　Z女士说：根植半岛整十载，黄葛树下见精神；灵魂之趣寄深情，朝天扬帆再起程（她把我在渝中工作期间写的两本书《黄葛树下》和《灵魂之趣：心灵与大千世界的对话》概括进了对我的祝福语中）。

　　……

　　还能说些什么呢？近几天来，渝中半岛一直下雨，今天一早，终于雨后初霁。"雨过天青云破处，这般颜色做将来。"我很喜欢这种天色，静穆雅润，简洁纯净，幽淡隽永，它是色彩斑斓后灵魂深处的雅，它是滚滚红尘中心灵深处的静，蕴含着对真挚友情的深深懂得，对人生美好的知足淡定和对未来的善良期冀。

"海内存知己，天涯若比邻。"同城共情，心有灵犀，好友之间永远不说再见。缘分，是人生旅途中永不消逝的美丽风景，是我们相互成全的永续动能。为了渝中，为了缘分，我们在一起，且行且珍惜。

半岛情深

根连着根
黄葛树华盖如云
心贴着心
夹马水壮阔雄浑
朝天门前孤帆远影
巫山云外云淡风轻
不说再见
于无声处
同城共情
缘分
人生最美风景
雨后初霁
静穆雅润的天青
秋水长天
通透辽远的澄明

乡愁里的那个"身影"

好友 X 先生是市属国企某集团的党委书记、董事长，高干家庭出身，平民情结浓郁，待人接物谦诚圆融，上下左右有口皆碑，我很钦佩这位仁兄。

一次俩人闲谈，约了同去我的家乡、远离重庆主城区四百公里的渝湘黔鄂边区的秀山县看一看，如果合适，想为当地孩子做一点事，也算是国企回馈社会，为乡村振兴作一点贡献。我感受到了他的友善和亲切，但其后工作忙起来也就忘了。

前不久的一天，我俩偶然相遇，旧话重提，感动之余，我向他提出建议：如果有空，可一起去秀山高级中学看看，那里的师生值得尊重和鼓励，2009 年才建校，发展既快又好，如今在校生规模七千人左右，近些年来每年考上北大清华的学生在七人以上，考上重本的在两千人以上，民族地区有这样的中学不容易哟。他认真听了介绍，爽快答应一定要去看一看。

其后的一个周末，我陪同 X 先生前往，秀山高级中学给他留下了很好的印象。他请师生在书单上勾选，送去了总价十万元的各类书籍，并对2021年度考上北大清华的八位同学给予了奖励。

X先生的父母都曾做过高校教授，他特别认同教育对一个地区经济社会发展的极端重要性。在与当地教育工作者交流时，他衷心祝愿秀山把包括幼教、小学、初中在内的基础教育进一步全面地振兴起来，形成四省市边区的相对高地。我听了也颇为感奋，半开玩笑半认真地加了一句建议：争取重庆市委市政府和中央相关部门支持，办成一至两所立足四省边、服务中西部和全国的高校那就更好了。

那一天，学习X先生的做法，我也应邀以义务讲座的形式，为该校部分学生报告了自己学习写作的一些粗浅体会。

有意思的是，在我去往学校前，中学好友G先生发来了他路过高级中学正门时拍摄的照片，学校大门两侧立柱上有一条黑底红字标语："热烈欢迎当代诗人、散文作家张刚莅临我校"。我感到惊吓莫名，赶快拜托他和另外的朋友做学校工作，谢谢他们的盛情美意，我只是一个文学爱好者，不可能有什么大的出息，请切实爱护我，千万不要那样待我。

校方很友善，答应我的请求，取消了欢迎标语。在接下来的汇报交流中，我从前一天晚上回到家乡写的一首小诗《乡愁》副题中提到的归去来兮亭说起，称秀山西街梅江河畔是没有归去来兮亭的，它是我心中的构造。正如著名诗评家吕进先生所说，写诗的人要学会黑格尔式的"清洗"，洗心洗诗，"清洗"到一定程度，诗文自然会有真情，有个性，有文采，有思想，我和同学们一样，正在努力学着这样做。

有同学也问我，小诗中那个"身影"是哪个的身影？我也幽默作答：可以是那个男同学心目中的那个女同学，也可以是那个女同学心目中的那个男同学；可以是绕村环流的那条淙淙的小河，也可以是村后山岗夜空那轮阴晴圆缺的明月；可以是浪迹天涯、勇闯天下、孜孜以求的梦想，也可以是"羁鸟恋旧林，池鱼思故渊"的不尽乡愁。

我这话说得有点"绕"了，我的本意是想在"精神实质"上与该校"努力的意义"相呼应。陪同 X 先生访问该校时，我俩都异口同声地赞扬教学楼大厅正面墙壁上"努力的意义"：

> 不要当父母需要你时，除了泪水，一无所有；
> 不要当孩子需要你时，除了惭愧，一无所有；
> 不要当自己回首过去时，除了蹉跎，一无所有。

朴实无华的话语，把宏大的家国情怀转变为具象的孝悌文化来切入，具体、实在、透彻，很见功力和水准。是啊，每一位学生都是父母的孩子，也都将成为孩子的父母，若不努力，蹉跎了岁月，那就会被岁月所蹉跎，从物质到精神都可能一无所有，终生伴随着泪水和悔恨，愧对亲人、愧对桑梓、愧对乡愁。其实，这里面的"身影"才是更现实、更直接、更重要的，这个"身影"应该是相对于"一无所有"的"该有应有"和"应有尽有"。

也没有能够同家乡的那些辛勤奉献的园丁和莘莘学子作更充分的交流，不知道他们多大程度上认同我的观点，但这并不妨碍我衷心祝愿高级中学拥有更加美好的未来。

感谢 X 先生对我家乡教育的关心、爱护和帮助，祝福家乡的教育大业百尺竿头、更上层楼！

乡恋

西街
出东门
闲坐长亭
大半天
猫咪乖萌
春光甜润
乡音袅袅婷婷
时远时近
柔顺若天边淡云
惠风拂过河心
层层涟漪
片片温馨
泛起的
都是那个身影

主城都市圈的黎香湖

黎香湖在哪里?

在距重庆主城区我们家约九十公里的南川区黎香湖镇。

夫人多次向我指出,不少朋友说那里风景好、能避暑,一定要去看看。扛不住她的执拗,初夏的一个周末,我当车夫,两口子前去"打望",还约了另外几位中学同学同往。

沿渝湘高速公路前行,至大观下道,即进入约九公里的黎香湖景区车道。道路两侧平丘相间,林木葱翠,绵延无尽,间或可见精细耕作的各类花卉蔬果生态园区,以及黑瓦白墙的农家小院,环境宁静淳朴,亲切自然,让人有一种正走进世外桃源的惬意感。一小时车程,仿佛就远离了滚滚红尘的喧嚣,得享归隐山林的感觉,这真是一件美好的事。

到了目的地,几位老同学尚未及会合,一位颇有职业素养的美眉 Z 小妹便来推销避暑房了。听了介绍才明白,黎香湖是 1958 年始建,1972 年投用,常年库容 1260 万立方米的人工湖泊(水库),现在还主要包括黎香湖国家湿地公园和黎香湖瑞士风情小镇。黎香湖景区有 3300 亩湖面,平均海拔800米，年均气温16度，森林覆盖率超过55%，每年空气质量优良天数保持在340天以上，负氧离子高达两万个每立方厘米，是重庆城市核心区周边生态条件优越、旅游要素密集、植被水质上佳、交通最为便捷的田园世界和避暑休闲胜地。作为职业经理，这位聪慧漂亮、精明专业的本家小妹热切地希望我们购房成为小镇居民。

夫人同她越说越起劲，一副当真要买房的认真样子，根本就忘记了我们是来"打望"闲逛的。我请示她还去不去看风景，她叫我闭嘴莫打岔。我有些不耐烦了，但作为一家三口中的"第三把手"，我也知道在这类事情上自己的话语权有多大，说话没用咱就不说或少说嘛。闷头又听了一刻钟，终于憋不住了，我对她说那你先忙，我开车去转一圈回来接你可否。她欣然同意，我便解放了一般，一脚油门奔滨湖车道向湖区美景深处驶去。

山峦耸翠，湖水清澈，岸线优美，温暖潮润的风从森林和湖面吹来，满眼满心都是美丽。在明媚的阳光下，一片一片的墨绿色森林，连接着蓝天白云和波光粼粼的水面，也不知是车在移动还是风的作用，阳光时而在湖面上如鱼跃清波，时而在森林间如喜鹊般欢呼跳跃，撩拨得人心痒痒的，令人好不暖爽惬意！

特别让人开怀的是，这里的国家湿地公园和生态旅游小镇建设没有大量拆迁或外迁，而是充分尊重和保住了原住民家园的原生态。景观公路上目力所及，随处可见得到很好维护和加固的渝南乡村民居，这在确保农民居住安全的同时，也确保了自然风貌的完好和民风民俗的传承。

车在景中行，人在画中游。这时，有同学打来电话说，大家到齐了，而且都在商谈购房避暑的事儿，让我也立马赶过去参与决策。"咋啦，真买啊？都买啊？"我问，电话里传来同学们的一阵大笑，叽叽喳喳催促我赶过去见面再说。

驶离山环水绕中的景观公路，路过半岛上洛可可式建筑风格的美术馆和鲜花簇拥着的瑞士风情街，我很快来到了约定的地点。几位兄弟姐妹手上都拿着花花绿绿的购房指南，正聚精会神地测算讨论着。见我到了，有人便半开玩笑半认真地说：准备"下叉"哟，你家的"领导"说喜欢得很，一定要买；如果你们买，我们也买，大家小时候是邻居，今后还做邻居，多好！

我的思想准备确实有些不足："真要'下叉'？我没钱，哪个管钱哪个拍板，我们吃瓜群众跟着走！"几位女同学当即表扬我态度比较端正，也算是基本摆正了位置。

咋说呢？这一趟的黎香湖"打望"让我进一步地认识到，人生一世就是来人间旅游的，沿途所见所遇都是风景，而且有的事好像都是必然中的偶然，或者说是偶然中的必然。

一个库容不大、原名叫土库的土不拉几的水库，被人为地一系列市场化运作包装后，便成了颇具诗情画意的黎香湖，而且似乎还成了欧风美雨长期浸润过的风情街区，成了闻名遐迩的重庆主城都市圈内瑞士情调浓郁的避暑胜地。想得到吗？想不到。"流水下滩非有意，白云出岫本无心"，而这也许就是所谓的梦想成真吧。

几十年来,少儿时的好邻居好朋友为着生活四处奔波,每个人都是或主动或被动地走着自己的人生路,若这一回真能在世界自然遗产金佛山之下一个名叫黎香湖的地方再做好邻居好朋友,这人生不正是回归小时候的美好遇见吗?

心怀美好,万事可期。回家后一定要认真参与科学决策的全过程,如果夫人真的决定买,只要她分期月供拿得出钱来,我也乐于成为抱团养老理念的积极参与者,与少时朋友们共度未来人生的美好时光。

初夏

阳光洒在香湖中央
泛起白银般耀眼的光芒
一阵风来
又喜鹊般地飞落草坪
浅吟低唱
朵朵金黄
昨夜那浓艳满地的忧伤呢
荷田柳浪染心房
最长情的铭记
是蓬蓬勃勃的生长
初夏具象
都是可触摸的亲切
梦里花开的芬芳

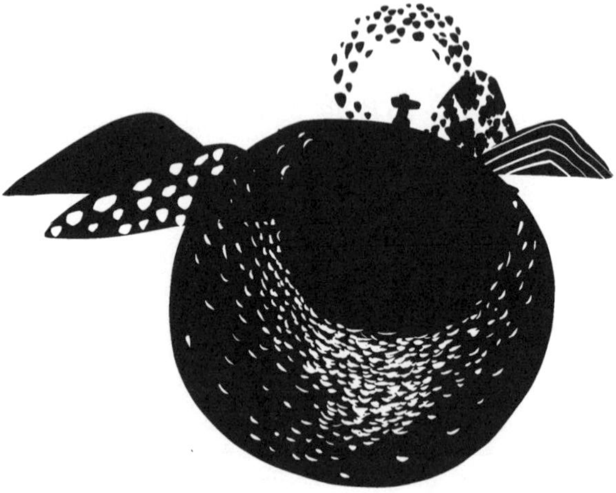

袖珍边城鱼

2021 年 6 月 18 日，从重庆市规划和自然资源局的好友 H 先生处获得证实：

在重庆市秀山自治县边城（即沈从文中篇小说《边城》的重要原型地之一）发现了一条 4.23 亿年前的鱼化石，这是世界脊椎动物演化考察研究史上的重大突破，这个化石鱼取名为袖珍边城鱼。

H 先生是我尊敬的专家，也是该单位的法人代表，消息应当千真万确。

果然，其后几天，包括国外《当代生物学》在内的国内外数十家媒体相继作了权威发布和报道。有了这次重大发现，人类全面认识有颌类动物的早期身体结构便拥有了关键的实证资料，这也使得重庆秀山成为全球第二处找到完整全颌盾皮鱼类的化石点，而且比第一处化石点的时期早了一千万余年，让脊椎动物"从鱼到人"演化史中颌与牙齿的早期演化有了确凿实证。换句话说，这一重大发现算得上是让人惊掉"下巴"的大事。我们人类的下巴是从哪里来的？

科学家们说啦，大概率将追溯到这条志留纪鱼化石的身上。

重要发现的功劳属于重庆市规划和自然资源局所辖的重庆地质矿产研究院博士后李强一行。2019年9月，李强一行在秀山洪安至毗邻的著名景区"川河盖天路"一带踏勘时，穿越数亿年时光，与边城袖珍鱼历史性地邂逅。

我的家乡竟拥有如此得天独厚的自然禀赋，真是令人感到幸运和骄傲。可这上亿年前发生的事于我们普通百姓来说太遥远、太陌生、太抽象了，能否依托科研和数字技术创造出多种方式，对边城袖珍鱼的重要意义、开发价值作形象化的科普呢？能否把自然博物与边城的人文优势以及川河盖的旅游资源结合起来，合成创新让家乡进一步大放异彩呢？

百年前，一条小小的黄辣丁鱼，在秀山的民间大厨手里都能精彩演绎成汇聚人间烟火气而长盛不衰的江湖名菜"一锅煮三省"，那么，这一次呢？这条全球闻名、举世关注的袖珍边城鱼，它用了几亿年从志留纪末期终于游到了我们的身边，这又会激发出多少五彩斑斓的创意实践呢？

我始终坚信，家乡父老乡亲们的智慧和汗水，一定能够给世界奉献出袖珍边城鱼"一鱼多吃"的不断惊喜。

我的朝天门好友 W 先生说，你的记忆大多是乡愁如鱼，不时会跃出生活的水面，家乡的一山一水，一人一事，一颦一笑，早已浸透灵魂的肌理，稍有空隙，便会汩汩涌流。这位仁兄算是把我"吃透"了。为表达自己内心的喜悦和对家乡的美好祝福，我挑灯夜战赶写了一首小诗，次日凌晨 4 点 39 分发给了我尊敬的 H 先生。

他老兄看后很高兴，说写得不错，应考虑谱个曲子。我当即与北京一位音乐素养深厚的首长联系，他很快找到《春天的故事》的作曲家与我们联系合作。可惜的是，我因工作任务较重而耽误了两天，再同他汇报衔接时，他说重庆的一位业余作曲家已经着手谱曲啦。果然，几天后，他便差人把歌曲传给了我。

　　衷心感谢 H 先生和他们的博士团队，感谢他们发现了属于秀山，属于重庆，属于中国，属于人类的袖珍边城鱼。

袖珍边城鱼

很久很久以前
那时候光阴很慢
慢得像一封信哟
想上亿年　盼上亿年
深永之爱　亘古奇缘

很久很久以前
那时候苍穹很远
远得像一个愿哟
千山万水　万水千山
桑田沧海　宛如初见

很久很久以前
那时候地球很炫
炫得像一个谜哟
今生前世　前世今生
量子纠缠　谜惊世界

很久很久以前
那时候海水很蓝
蓝得像一个梦哟
亿年一天　一天亿年
梦圆秀山　秀山梦圆

梦回初恋是边城

仲夏一周末，由湘返渝，行至渝湘黔边区界桥，秀山挚友 Y 先生幽默相邀：去县城只需一刻钟，但此时最正确和愉悦的选择是即刻下车，体验山水，感受边城，今宵酒醒"三不管岛"后，你就会穿越时空而梦回初恋的。

会有如此奇妙的玄乎？我不以为意。但斯地确是沈从文大师旷世名著《边城》的原型地，本人也深深地为翠翠那世所罕见的乡土中国式的纯情初恋而着迷。想着大师叙说的那个田园牧歌般的和谐世界，便决计听从建议，放缓一下匆忙人生的脚步，从容"打望"一番这似曾遥远且至今神秘的"域外之地"。

过桥下车，便来到小说开篇第一句话"由四川过湖南去，靠东有一条官路"的终点，重庆秀山（原属四川）下辖的洪安古镇界碑处。放眼望去，蓝天白云下，自西北向东南由高渐低次第呈现的，仿佛就是地理教科书中描述的祖国概貌的浓缩，高山巍峨连绵，低山群峰挺秀，平丘竹修林茂，沃野平畴。清水江自贵州境内的高山大盖间涌流而出，重庆境内的洪安河和一条不知名的溪流迤逦而下，江水绿似翡翠，河水碧如蓝天，溪流清若无色，虽流量各异，却似心有灵犀，都顺着极优美的岸线在葳蕤杂树、青翠篁竹和姹紫嫣红的野花簇拥下，汇流至三省交界的翠翠岛前宽阔的江面。而由重庆的洪安、湖南的茶峒和贵州的迓驾三个古镇组成的边城，千百年来便诗意地栖居于这片山环水绕、钟灵毓秀的土地上。

沿着江边的森林步道前行，清爽的江风和着朴野的气息拂去了一身的疲惫。行约四百米，来到洪安古镇，心情越发轻松惬意。古镇主街皆由青光可鉴的条石和石板铺成，爽洁又古雅。江边街面，一幢幢巴渝风格的干栏式吊脚楼逐水而建，如诗如画；街心一带，多见四面方砖、高墙大院的旧式老宅，偶有店面，可供游客自由体验土家织锦或苗人蜡染劳作，也可切身感受边区市井生活和闻名遐迩的秀山花灯民间歌舞艺术。

行至复兴银行附近的丁字路口，便见一个近千平方米的开敞式庭院，庭院里有一清朝大戏台。戏台的右侧，黑褐色的粗粝巨石砌成的高台上，华盖如云的楠木和苍劲老迈的槐树掩映着一段朝代不详的断垣残壁，引发人们思古之幽情。戏台的左侧，是前朝大户人家遗存的百年老屋。拱门由纹理细腻的巨石砌成，沉雄的大门是厚约两寸的檀木质地，门扉中央是一对海碗大小的纯铜圆环。夕阳西下，前清戏台呼应着苍劲的古树、斑驳的高台和码头上盛开的玫瑰，与巨石拱门、烽火隔墙、屋顶翘角和木格窗花交相辉映，无声诉说着过往时光里令人缱绻的美丽故事。当年的那个傍晚，青涩纯情的翠翠,在二老家的吊脚楼看了龙舟赛去找爷爷,也许正是从这洁净如洗的石板古街经过的呢。

顺街而下,便来到著名的拉拉渡口,这里完美保留了三省边民最古老、最亲切的交通方式。一艘方头渡船,于船首竖一竹竿,挂一活动铁环,清水江两岸横牵一根铁缆,人畜过江,便把铁环挂在缆上,用一柄木器攀缘那缆索,牵船过往对岸。乘船付费,天经地义,但没钱或没零钱,撑船人往往爽朗一句"算啦",照样撑船渡你过岸。时至今日,当地人往返两岸大多是有桥不走,有车不乘,首选仍是方头渡船。

此时,一江两岸的吊脚楼飘起了点点炊烟,远处的江面也慢慢地升起了薄雾。友人便建议去本地特色菜馆体验"舌尖上的秀山",然后入住"三不管岛"假日酒店。

该怎样叙述那么美好难忘的晚餐呢?清香扑鼻的油粑粑,色鲜味美的小油饼,风味独特的米豆腐,酸辣可口的绿豆粉……当我喝着纯正的苞谷酒几乎每样小吃都尝了个遍时,服务生端来了久负盛名的"秀山国宴菜"——"一锅煮三省"。食材并不稀罕,湖南的角角鱼,贵州的土豆腐和重庆的酸辣腌菜,可经洪安大厨巧手烹制,汤色金黄、鲜香滑嫩,作为当地江湖头牌菜的洪安腌菜豆腐鱼便有了独特的风味。"凡有桃花处必有人家,凡有人家处必可沽酒",书中有如此美妙的描述,想来大师当年也曾为洪安的美酒和腌菜豆腐鱼而大快朵颐。

凭窗远眺,西边山顶落日熔金,暮云合璧,古镇上空却突然下起了太阳雨。那轮特别红亮的夕阳也好似因边城美酒而微醺的才华横溢的诗人,他澎湃的激情便是那洞穿暮云的万丈金光和在金光中精灵般漫天飘洒的雨花,滋润着大师笔下晶莹剔透有如童话般和谐的锦绣边城。

一会儿,雨住风歇,皓月升空,感叹着天象不可捉摸的神秘,通过一座风雨廊桥,我们来到了下榻地"三不管岛"(1949年以前这里是四川、湖南、贵州三省官方都不管的边民决斗之地)假日酒店。它坐落在一个天然小岛上,从建筑结构到客房细节都体现着《边城》中的民俗风情特质,给人留下美好的印象。

晚上,我独自来到江边。月朗星稀,夜风轻柔,柳林下花香满径,偶有情侣亲密相拥而过。在一尊大理石雕塑前,我停下了脚步。雕塑表现的是大老、二老驾木排下沅水走洞庭的情景,其前方约五十米处就是翠翠岛,那里有大画家黄永玉亲手设计的翠翠期盼心上人重回故乡为她隔河唱歌的大型雕像。两组雕塑,相互呼应,共同述说着于今看来近乎传奇的中国柏拉图式的经典爱情故事。

每个人都有爱人和被爱的权利,但这爱与被爱在小说里是永远的美丽和忧伤:大老爱翠翠,翠翠和二老却彼此心仪。心上的人儿虽不曾拉过一次手,可流淌的江水似乎在重复着大师八十多年前的关切:那个在月下唱歌,使翠翠在睡梦里为歌声把灵魂轻轻浮起的年轻人,他还会不会回来?

忆

梦里
搬动了岁月
于是,穿越流年
我回到了那条河边
回到了那个夏夜

依然是月朗星稀
依然是栀子花清香四溢
可是,你呢
亲爱的
你在哪里
月光叹息
惊起一条鱼儿
"泼喇"地银亮一闪
迅即又沉入
黑暗的河里

为着清新听晨曲

昨天下午，与几位好友喝茶聊天，老兄们津津乐道其耳闻目睹的"过筋过脉"的故事，让我开了眼界、长了见识，同时也感到吃惊和有点心生凉意，随即陷入了沉思。

一位说，他的一位大学同窗近日从甲地调到乙地当"一把手"，向他请教到了异地怎样尽快适应"水土"，当好"一把手"。他侃侃而谈，给好友讲了几条建议，让人嗅出了这位老兄久经沙场"不倒翁"的味道。他的建议中有几句话令人印象很深：当年的发展指标不用关心啦，因为到年底考核时，指标再好看，那都是人家前任的功劳；后任所需要的，是找准过去应当做好而没有做好的薄弱环节着力，上项目，抓投入，都要着眼于从到任的第三年起一年比一年有实绩、得民心。

另一位则讲了一个"狠角"的事例。"狠角"的上级通过明察暗访，对其所在单位的某专项治理工作进行了深度调研解剖，然后对该单位下一级整改不到位的几个人和几件事作了指名道姓的通报批评。"狠角"本来就对这位上级不满，便耍起了小聪明,要求各被点名的二级单位认真传达通报批评,并以通报为据,在三天内对被点名的人一律给予扣发工资奖金直至解除劳动关系等处理,意图达到既得到其反感的上级的好评,又能有效刺激这批被处理者心生怨恨,甚至集体上访把事搞大让上级难堪的目的。当然,其做法被上级识破并严肃制止。

还有一位老兄则讲了一个多年以前一位官场"老江湖"精通"正确废话"的故事。其所在单位一名职工因与相关负责人关系紧张,一时想不通自杀身亡。该职工的家属不服,把尸体停放在单位院内,要求讨说法。单位多方做工作,无果,便开会研究咋办。主要领导要求每个班子成员必须发言,讲自己的意见和建议。轮到"老江湖"不得不发言了,他慢慢地抬起头来,左边看看,右边看看,望着天花板,然后不疾不徐地讲:"人嘛,总是要死的嘛,人死了总是要埋的嘛。从我们国家的丧葬传统来看,人死了,不是天葬,就是地葬,不是地葬,就是火葬,当然,江南沿海一带,有的地方还时兴水葬……"

朋友说,大家都着急啊,人死了等着埋呢,而这位老兄还在顾左右而言他,就是不讲到底该用什么办法来处理具体的棘手问题。

这些带有黑色幽默味道的灰色故事,相信应该是真实或基本真实的。听闻以后,我感到心情沉重,很不舒服。

这时,一位年轻的朋友开腔了,他认为在三个故事中,第一个故事关系到政绩观和从政道德;第二个故事关系到人品；第三个故事关系到对待群众的态度和感情，以及整治不作为、慢作为、假作为等官僚主义。如果不能解决好这些问题，不可能有风清气正的政治环境，国泰民安的社会环境，平稳健康的经济环境。

这位兄弟说得多好啊！当然，要彻底解决诸如此类的问题，肯定有一个循序渐进的过程，需要我们付出许多的艰辛和努力。

因为是好友，彼此之间便很坦诚，故事和观点都摆在明处，大家心里都有着一杆秤，是非黑白在每个人心中都是分明的。可好不容易有一个周末茶叙的休闲时光，我们能不能少说这类诗意寡淡、沉重压抑的话题呢？

正想着提出建议，同事Q女士发来一条信息：今天一早的天气，就像我很喜欢的张爱玲的句子：天色是鸭蛋青，四面的水白漫漫的。下起雨来了，毛毛雨，有一下没一下地舔着这世界。

哎，这样的句子读来清新恬静、轻松惬意，与今天早晨我们小区的美景很是协调契合。于是，任几位老兄小弟继续喝茶，我悄无声息地躲在一边静心，天寒地冻间，茶歇午餐前，力图再现自己一早所见，写下了我称之为示弱斋拾遗的《晨曲》。

晨曲

清晨
伫立家门
小区内雾气氤氲
寒露晶莹
昨日
启明星的裙裾抚过夜的蓟草
窸窸窣窣的美妙音韵呢
微蓝光芒唤醒黎明的
那些纯净和深情呢
哦,不忍前行
今晨露珠
都是昨夜星辰
一路走过
怕碎了梦的憧憬

童趣在时间的颗粒度以外

说人与人之间不能沟通，我不赞成；说人与人之间沟通很难，我拥护。

2021年7月的某一天上午，与几位朋友茶叙，一位出身于农村、现在某高校当领导的博导兄弟讲了一个小故事。

听说他"发达"了，近些年来那些当年在村里一起长大的发小以他为傲，有几位还千里迢迢带着家乡土特产来看望，他颇为感动。但其中有的人来的频度偏高，每次还要求见面"整酒"，摆的都是了无新意的"老龙门阵"，"整酒"一整就是一两个小时，有时还给他布置超出"能力范围"的事，让人感到很是尴尬。他说自己除开行政工作外，还必须把学问做好呢，"时间和精力相当有限"，可有时家乡朋友不太理解，以至于后来他不得不"甩脸色"给人家看，人家回去后就说他"人一阔脸就变"，弄得他很难受。

大家听后笑了起来。一位市级机关的朋友半开玩笑半认真地说，这是一个因认知能力差异而造成人际沟通障碍的典型事例。

这位老兄继续说道，当年一起"穿开裆裤长大"的娃儿，因"穿封裆裤"后（成年后）的经历阅历不一样，若干年后对人际关系的构成、性质、发展的方向和规律等方面的认知和把握能力是有巨大差异的，即使面对同一个人、同一件事，其立场态度观点可能迥异，甚至完全对立。这并不是简单一句"人一阔脸就变"说的那么简单。他感叹地说，就是父子兄弟姐妹间，有时候讨论问题也可能是"鸡不懂鸭语""牛头不对马嘴"。

另外一位老兄讲得更切实。他说了一个"时间颗粒度"，即时间管理单元的概念。

他说，每个人的一生、一年、一天，都可形象地被看成是大小不同的块状物，切割得越细，颗粒度越小，时间管理就会越精细，时间使用的效率就会越高。农闲时节的庄稼人，时间颗粒度就比较大，因为农闲比春耕、比秋收时的时间宽裕得多；退休赋闲的人，时间颗粒度也比较大，因为他比在职在位的人时间也会相对宽裕得多。而比尔·盖茨的基本时间颗粒度是以 5 分钟计数，有时甚至是按秒来安排。说是比尔·盖茨有一年到访中国，微软中国为他的到来曾一遍遍做测试，从电梯口到会议室门口要走多少步、需要多少秒、安排多少客人会面握手签字拍照等等，其时间都是以秒来计算的。末了，这位老兄还补了一句：所以，对以前那些"老添麻烦又没用"的所谓朋友，要果断地"断舍离"。

他的话让我有一语惊醒"梦中人"的感觉：为什么我求见的朋友有时会说没时间见我，为什么有的朋友有时会拒绝我的临时到访，为什么有的朋友不谅解我的迟到或爽约，为什么有的朋友有时没有接听我的电话、没有及时回复我的信息等等，现在基本想通啦。那就是从某个角度说，其原因就在于不同的人对时间的敏感度是不一样的，因而对时间颗粒度的切割和分配也是不一样的。

我向诸位好友坦言，完全能够理解和基本能够接受两位老兄的观点，但也觉得最好不要简单地以"鸡不懂鸭语"和"断舍离"的方式处理与好友，特别是与"穿开裆裤一起长大"的发小之间的友情关系。

确实，人作为一切社会关系的总和，每一个个体都是多元和复杂的存在。人与人之间沟通是很难的，就像把自己的观点装进别人的脑袋，把别人的钞票装入自己的腰包一样的难，但很难的事并非是不能做到的事。比如，朋友讲的时间颗粒度管理概念，我听明白后就能够完全接受，这也就可以视同为那位朋友已成功地把自己的观点装进了我的脑袋。再比如，当下，一些地方实体经济不够景气，但那些地方仍有高明的商家通过数据化、智能化推动实体转型升级等方式达成互利双赢，这也可视同为在实现彼此利益的共同增进中，成功地把别人的钞票装入了自己的腰包。

以我们中国人的思维方式待人接物，"求同存异"很重要，"各美其美、美美与共"很重要。设身处地，多看别人的优点，其实再难沟通的人都是完全可能沟通的，而且还是完全可能做到有效沟通的。

我这人没什么出息，大概与少了点狼性，多了些所谓"妇人之仁"有关系。对多年前的发小,我认为只要人品没有大的问题,都应该予以充分的理解和尊重,都应该努力成为终身朋友。我至今仍保持良好关系的朋友中,相当部分就是少儿时的玩伴,那些由若干年累积而来、一直保质保鲜不变味的纯净情谊,能够满足人情感上的深度需求,这是一种高端的思想体验和精神享受,我视之为漫长人生中不可替代的宝贵财富。

至于说到毛病,人吃五谷哪有不生病的?人活一世哪有没有短板和弱项的?能帮尽量帮,帮不了多解释,即使个别朋友有一点"小九九",打一点"小算盘",耍一点"小聪明",只要不是太离谱,也应做到看破不说破,着眼于往昔的纯净友情,也该豁达大度地对待。这样,一些可能割袍断义的事情反而会变得喜乐起来。

这个观点有点儿"和稀泥",但确是我的真实想法,自己也愿意一如既往一点一滴地付诸实践。这不,又到周末了,于我而言,什么是周末最重要和急迫的事?那就是抓紧写诗,唱出"每周一歌",给朋友们带去一丁点儿乐趣,那便是我的光荣与自豪。

彼时,电视上正播出国内外新闻。

说是我国第一辆火星车祝融号安全抵达火星表面。70余年间,人类向火星发射了数十颗无人探测器,但成功着陆者寥寥无几,而祝融号如期着陆在火星北部的乌托邦平原,已采集了火星岩石、土壤和空气样品。

说是东京奥运会开幕式太烂了。节目大多要么阴森,要么迷惑，甚至令人毛骨悚然，国际普遍评论日本国没有了1964年办奥运时欲"重振国运"的精气神，弥漫着老龄化、少子化和无力感。

说是强台风"烟花"滞留东南沿海狂风暴雨给当地带来灾害和新冠病毒花样翻新不断变异……

写什么呢？怎样写呢？盘点梳理一天的收获，自己印象最深的还是上午朋友茶叙时讨论到的话题。那就让题材回到纯洁无瑕的少儿时代吧，也只有没有世俗功利的童真童趣，才是值得我们永远歌颂的美好和梦想，它，在时间的颗粒度以外。

我看见它飞起来了，借助于神奇的翅膀，它小天使般无忧无虑地自由飞翔，穿越新冠病毒的变异，穿越广受诟病的东京奥运会的开幕式，穿越"烟花"和霪雨，穿越步步成灰的疲惫，所到之处，沉重的叹息都变成了丝丝缕缕的欢喜。

跟着它飞起来，我似乎还看见更为神奇的一幕：祝融号走过的地方，火星沙海的那些深处，正涌动起地球东方郁郁葱葱的绿意和蓬蓬勃勃的生机。

童趣

童趣是一位可爱的天使
有着一双洁白的羽翼
不谙世事的纯净

毫无心机的真挚
美丽神奇
又有一点儿幽默和俏皮

双休的日子
它又来了
无视新冠的病毒变异
也不理会东京奥运的瑕疵
看见它蓄势待发
看见它舒展双翅
看见它翱翔天宇
怅惘变得惬意
"烟花"和霪雨演绎漫天虹霓
沉重的凝视
阴郁的沉思
以及步步成灰的疲惫
都随那气流的涟漪
化为丝丝缕缕的欢喜

循着远逝的痕迹
今夜，应看得见
火星沙海的深处
正涌动地球村
蓬蓬勃勃的生机

且衣万物以绚丽霓裳

有人说过,思念别人是一种温馨,被别人思念是一种幸福。

那么,人和物该是怎样的关系呢?想着川河盖是我的温馨,川河盖有被我想着的感觉吗?它也会想着我吗?

著名诗人傅天琳大姐生前对我说过:"神一样的川河盖是你永远的乡愁。"她的这句话,我完全认同。

真爱无私,附加了条件,爱在纯度上就打了折扣。作为被一些朋友称之为重庆川河盖"盖痴""川河盖灵魂的守望者"的我,对川河盖的爱是不讲条件不求回报的,说得形而上一点,那属于柏拉图式的精神恋爱。

当然,也有好友提醒我,热爱和歌颂也要理性客观。我很敬重的老军人乡友T先生就半开着玩笑说过:在你的眼里,家乡万物皆是诗,在你的笔下,稀松风景好像也美不胜收,山顶上的半亩池塘和一块草坪,你也在想方设法让人们排着队去寻觅谁都没见过的仙人花!

我哈哈大笑,对他老哥说请放心,走过一些地方才晓得家乡之美惊心动魄，过去之所以浑然不觉，真的是因为"不识庐山真面目，只缘身在此山中"啊；我这个周末还要去呢，到时候一定发照片共享。老大哥很高兴，说但愿家乡更美好！

我真的是又一次动身了。2021年7月的一个周末，与渝中半岛共事过的几位俊男靓女和当地好友同上川河盖。一天一夜间，我们一起看山看水，数云朵和星星，喝酒读诗唱歌跳花灯，高兴得如同小孩儿般手舞足蹈不亦乐乎。

离开星空酒店的时候，第一次上盖的Y女士给我发了一则微信：见到了川河盖的美景，见到了大自然慷慨给予却因日常琐碎被我们淡忘或离我们远去的一些不可想象的美好；有些东西仍在学习和揣摩中，那些发乎大自然、发乎人内心的美好极其珍贵和崇高；我开始认识和理解川河盖了，如果可能，下次还来，冬天一起上川河盖赏雪如何？

哈哈，还要来，而且已经谋划下一次啦，我们这不是还没下山吗？

想了想，我回：要得，冬季我们不去台北看雨，我们到川河盖看雪！

这时，古琴演奏师X女士来微信说：有位名人说过，年轻的时候以为不读书不足以了解人生，直到后来才发现如果不了解人生是读不懂书的。读书的意义大概就是用生活所感去读书，用读书所得去生活。

然后，她说："每周读你的诗也有同感，你是用生活所感写诗，用写诗所得点亮生活。"

这姑娘说话很讲究呢。我认真领会其精神，大概讲的是两层意思，一是读书与生活的关系，要善于用生活所感去读书，用读书所得去生活，两者互动共促，生命质量也许会螺旋式上升吧。这是对的，我完全赞成。二是她对我写诗的鼓励，鼓励我"用生活所感写诗，用写诗所得点亮生活"，其精神实质是在第 N 次启发我：又到周末，你该写诗发给朋友们啦。

还好，她还不像那位上海同行中的本家小妹，那位小妹这次说话显得比我这个重庆人还要直白：这个周末，同样希望"诗人不要成为哑巴"。

唉，咋说呢？不怪她们，只怪自己虚荣心强哟。每到周末，只要有那么几位朋友直接或间接地给我以表扬，我便会"人来疯"般闻声起舞，搜肠刮肚、夜以继日地敷衍成篇，并尽快发出，以博朋友诸君周末一笑。

没法改了，"每周一歌"已近七年，上瘾啦，退休前怕是脱不下这双令人着魔的"红舞鞋"了。

车行至川河盖著名的"45 道拐"时，天空飘起了有些神奇梦幻的太阳雨。阳光依然强烈，风雨噼里啪啦地从我们眼前掠过，越过公路、草地、花园、山林和湖泊，一直铺向遥远的天际。一会儿，雨住风歇，天更蓝，云更白，树更绿，清新的山野洋溢出无限的生机活力。

"又出太阳又下雨，栽黄秧，吃白米"，"又出太阳又下雨，皇帝女儿嫁给你"。小时候耳熟能详的谚语，表达的是当地人祖祖辈辈对美好生活的憧憬。时代进步到今天，第一句话的目标随时随地可以实现，第二句则是几无可能的风趣和幽默。为着川河盖美好的憧憬，为着我们能再次相会于川河盖，为了我那些向往川河盖的好友早日如愿以偿，我摘下太阳雨后川河盖的一片云霞，写下了后面的这首小诗。

且衣万物以绚丽霓裳

世界已无限风光
却总还有风光无限的地方
闻所未闻
想曾未想
川河盖之夏
云霞竟美成这样
诗人成了哑巴
画家成了色盲
帕瓦罗蒂们张大了嘴无法合上
刹那间
上帝失去了美的想象
而川河盖霞光依然霞光
明亮芬芳
且衣万物以绚丽霓裳

魔幻城市的别样温柔

2021年8月下旬，我调离工作了十年的渝中半岛时，除因规定不得不退出一个微信群外，没主动退出其他群，没同朝夕相处的同事和朋友话别，没编发声情并茂的真情道白。别人这么做是对的，我也想过这么做；我没这么做可能也是对的，因为想到的不一定都要去做。

"咱是革命一块砖，哪里需要哪里搬。"这里的"砖"，我以为就是公职人员职业的物理属性，必须做到服从命令听指挥，"一生交给党安排"，一个比较成熟的公职人员主观上应当具备这样的职业道德和操守；同时，这块"砖"应当还有化学属性和其他属性，在复杂多元的内心世界里，它可能会变得更加感性和温润。比如，会对过往的某个地方和往昔时光情有独钟，这种情有独钟不会因调离而移情别恋。

这是人性的优点和弱点，是我的个性的特点，渝中诸友看透了我的这个特点，有的还针对性地说了他们的意见和建议。

Y女士说：你的"每周一歌"鼓舞和启迪着我把生活过

出诗意来，谢谢你的长期坚持。渝中半岛有 GPS 也会迷路的盗梦空间般的魔幻地形，城在山中、山在城中、人在景中，面面是特色，处处有风景，希望你继续为它画像，写出更好的诗文来。

Z 先生和 W 女士说：希望你为重庆母城再添诗韵，让我们经常读得出重庆母城的幸福感和归属感来，坚持为渝中代言，倾情写出可传诵的精品力作。

L 女士说：希望你写出更美的诗，可以印在旅游导图上的那种，让懂渝中的人读着诗脑海里自然会浮现出美丽熟悉的景象，让渝中以外的人读后都充满向往有非来不可的冲动，好吗？

著作等身的 H 先生说：再写渝中，希望是大题材、大主题、大气度，这样的诗才有生命力，才会更受读者欢迎。

T 先生说：挂在墙上的渝中半岛地图是平的，你可否依据它写出一首立体的诗来？最好是全息三维的，因为读得出时间感的诗很多，读得出空间感的诗太少，希望老兄的这首诗能把渝中变成一个装着半岛模型的雪花球，让我们可随手把玩它的精彩纷呈、精妙绝伦。

我们这座直辖市著名的文史专家和作家 L 先生发来了一首小诗，《诚赠示弱斋主》：清辞丽句赛珠玑 / 写到生时是熟时 / 何必每周争一唱 / 且将深痛慰良知。

末了，还加上一句：违意，弃之即可。

一事当前，见仁见智，刚刚有朋友还鼓励我要把"每周一歌"坚持下去，几分钟后我很尊敬的八旬长者 L 先生则提醒我何必那样坚持呢。

我赶紧谢谢老先生对我的爱护和指点，并解释说自己有时也不想坚持"每周一歌"，但每到周末稍有差池便会招致有的朋友善意的批评和变相的鼓励。我领会其精神实质，就是希望我坚持下去，坚持就是胜利。我这人面皮较薄，不忍辜负朋友关爱，所以能写就写吧，也算借朋友之力来克服自己的懒惰和懈怠，抓紧每一周做一点积累，一辈子下来也好有个交代。如果有一天确实招架不住了，那就只好向朋友诸君们告饶啦。

L先生回话说：顺心适意，便好。

想来，听我解释后，L先生是高兴的，他老人家高兴，我当然也高兴了。心情一放松，便想起刚参加工作下乡调研时一位老农民说的话："年轻人，力气出了力气在。"到如今人生正当壮年，虽早已不再年轻，好在身体和精神尚佳，力气出了应该还回得来，能写就写吧，这样的人生也蛮有趣的，何况我怎能辜负那么多朋友期待的眼神呢。

这时，一位本家发来了他9岁女儿的《魔幻重庆》：嘉陵江上游轮来来往往，还有一条彩虹横跨过江，彩虹里上下两层飞奔着轻轨和汽车，我站在18楼的单元门边等着2路公交，看1楼小广场上的人对着8楼穿房而过的轻轨自拍……

一个孩子的眼里，我们的城市是多么的新鲜而奇妙啊！

大城市差不多都有轨道交通，但一般都是双轨的，你见过有单轨的吗？即便你见过有单轨的，你见过它上天入地，穿云破雾，从容穿过楼宇潇洒着来来去去的吗？

长江和嘉陵江环绕这座特大城市，可你见过有一处轮渡吗？没有。也许是因为这座城市盛产诗人的缘故吧，它的想象力着实让人钦敬，那些早些年在江边的轮渡现在都搬到了空中，蝶变成了云朵般的索道缆车，那些索道缆车白天晚上都在空中自由地飞翔。

世界级的繁华街区也许都曾从你的面前路过，可你有过"站在18楼的单元门边等着2路公交，看1楼小广场上的人对着8楼穿房而过的轻轨自拍"的体验吗？而我想告诉你的是，每到傍晚时分，当你从解放碑漫步北行三百米来到著名的戴家巷时，在两江汇流、江天一色的恢宏背景下，映入眼帘的是解放碑至朝天门城市轮廓的高贵典雅、繁盛堂皇，让你分不清这里是天上人间，还是人间天上。

你去过的任何一座城市辨别方向都分东西南北，这里当然也分东西南北，同时还讲究上下左右，它的多元多样、立体魔幻是罕见的博大包容，它最充分地尊重你选择的自由，当然也耿介热忱地欢迎你与它同喜同乐，在以上下左右辨别方向的别样乐趣中，你会有不曾有过的新奇体验。也许你会在惊喜中清醒，也许你会在陶醉中糊涂，那种撩拨人心柔软处的别样体贴和温柔，你一旦体会到了，我相信你走了还会再来，甚或是来了就不再想离开。

城市体验是这样，人生体验又何尝不是如此呢？

成年人中，有几位不曾品尝过多面立体的人生况味？有几位不曾有过坐过山车般的旋转甚至魔幻的感觉？城市如人，人如城市，正是有过这样的经历和体验，我们才会更加热爱这座城市滋味无穷的人间烟火,才会更加热爱她的多元复合、魅力魔幻。

　　山水城融合,天地人共美。我写不出好友期待的上好作品,我能够做到的是温柔以待这座城市的一草一木,与朋友们一道,孜孜以求生活的诗意栖居。

迷途

两条轨道
铺成铁路
可这里是单轨
且神出鬼没于高楼
李子坝上天入地
牛角沱穿云破雾

长江嘉陵环绕
却找不着一处轮渡
轮渡都在天上飞
长袖善舞
两江四岸　凌空索道
云朵般悠游

更有趣的是街区漫步

跨出三楼
扑面而来
是解放碑国际范儿的气度
十八梯街尾
戴家巷街头
天成一体
九十米以下锦绣繁华
九十米以上繁华锦绣
明城墙幽幽古韵
两江汇百舸争流
洪崖洞旁
八楼开来了公共汽车
楼顶车库
平添母城魔幻指数

也分东西南北
更讲上下左右
尊重选择的自由
更盼望乐和地加入
惊喜着清醒
陶醉中糊涂
来了真的不想走哟
渝中半岛
别样的温柔

有眼光的选择是最好的开始

初秋的一个周末,一场滂沱大雨后,应朋友邀请自驾去南川区黎香湖湿地公园一家农场休闲。

雨后初霁的乡下,空气潮润清新,人的身体和心情都变得愉悦轻松起来。阳光划破苍穹普照大地,一切看上去都显得格外明亮和朗润。干涸的溪沟重新唱起了叮叮咚咚的小曲,前些日子被烈日折磨得奄奄一息的蔬菜瓜果又重新鲜活起来,风儿清凉,稻谷飘香,处处都是祥和恬静的景象。

这是收获的季节,自然界的万物似乎都各得其所,心满意足,都在亲切地感受着走过冬春夏三季得到的那份当下的不易,那份应该属于大地也应该属于自己的美好和惬意。

农民们大多一脸喜气,有的在忙着秋收扫尾,而更多的人在忙着喝酒打牌休闲,也许庆祝丰收就该是这样的吧。再过一段时间,就要进入将会持续几个月的农闲期了,那是农村的一些人认为的将以打牌、喝酒、走人户为主来度过的中国传统式的农闲长假。

而就在这时,我遇见了两位备种备肥的农民。我主动上前招呼,充满敬意地问:"这么早就准备秋播了,不去喝酒啊?"他俩冲我友好地微微一笑,没有搭腔,继续默默无闻地忙着手上的活儿。

两位农民哥哥令我肃然起敬。可以休闲娱乐却选择辛勤劳作,而他们即将进行的播种,将经受接下来的秋冻和严冬的检验考验,经受住了,明年的夏收就有可靠的产量和质量保障。

这让我想起了著名的登山家、被誉为"登山皇帝"的莱因霍尔德·梅斯纳尔。

他是世界上第一位登上这颗星球 14 座 8000 米以上雪山的人。有人问他一生中最大的成就是什么,梅斯纳尔很遗憾地对那人说,他一生中最大的成就就是懂得放弃。

回答的用意很深啊!

人们一般只关注他攀登过多少次高峰,少有人关注他有多少次高峰下的撤退,而他的成就和成功就在于懂得权衡后的断舍离。

为了实现来年的目标,两位农民老兄主动放弃大多数人趋之若鹜的娱乐和享受,专心致志于秋播准备,这在理念和行为上与"登山皇帝"的选择何其相似乃尔!面向未来,未雨绸缪,他俩是农事运筹的高人,亦可视为人生博弈的高人。

有的时候真是这样,不做和放弃什么,比做和坚持什么更重要,更令人印象深刻;有眼光的选择,往往会成为最好的开始。

初秋

大雨滂沱
酷暑随山溪散落
从闷热和煎熬中走过
奄奄一息的蔬果
重新蓬勃鲜活
风儿清凉
湖水澄澈
稻菽飘香
秋光洒脱
都在珍惜当下
都在享受快乐
多数人
忙着春种夏长的收获
而有的人
忙着耐得住冬寒的秋播

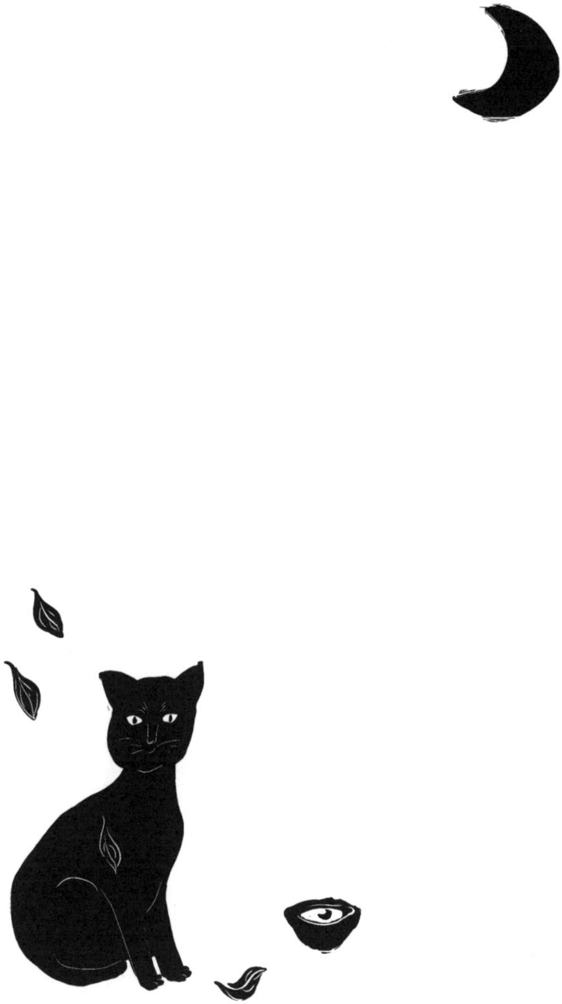

心灵在川西高原上飞翔

2021年的国庆长假,我两口子随成都好友 J 先生一家自驾去川西,首次踏上慕名已久的阿坝高原。

世界级景观的一切都是那么美,幽蓝的天空,澄澈的湖泊,巍峨的雪峰,蜿蜒的黄河,古老的村寨,无边的草原,红色的传承,藏羌的文脉……脑海里一一地刻下了美好的印象。

平生第一次来到举世闻名的九寨沟,于树正瀑布前漫步,我从心底自然而然地蹦出了小诗《树正瀑布》:

> 从未见过你
> 平生第一次
> 今日得见你
> 从此害相思

我对成都朋友说,因为太美,我害相思,这样的地方,离开后一定还会再来。

我敬重的老领导 C 先生说,那一线也是他一直心仪的美丽地方,他曾多次路过,每次都感到心旷神怡,心情被那些青青芳草上的露水浸润,一路上心花怒放。他祝愿我放飞心情,尽享胜境之美。衷心感谢我的好领导哟!

此行六天,天气好,风景好,心情好,写诗也顺畅,随写随发,聊天互动,其乐融融,完全沉浸在长假的轻松愉快中。

在红原县,正值10月1日国庆节,我写下了《飞翔》:

> 一城桂香
>
> 漫天星光
>
> 灵魂生出了翅膀
>
> 今夜
>
> 我要飞翔
>
> 越过瓦切塔林
>
> 越过月亮湾高原水乡
>
> 越过麦洼寺
>
> 越过俄木塘鲜花海洋
>
> 沿着中国红的方向
>
> 拥抱红原
>
> 拥抱梦想
>
> 拥抱明天第一缕阳光

巴蜀著名学者、作家L先生说:国庆之夜出好诗,有不尽之意,点赞!

年轻的新锐 Y 先生说：这首诗有意境、有意象、有景致，轻快明朗，悠然雅致，浑然天成。

老领导 W 先生则说：今年我也到川西雪域高原走了一趟，红原有桂花飘香？

有人犯官僚主义，我这次可能犯"兵僚主义"了。

W 先生长期主政一方经济工作，关注重要细节的习惯带入了阅读小诗的思考，红原县有桂花飘香吗？

我只好老老实实地回复：打腹稿写诗，那时是在赶往红原的车上，深更半夜抵达县城，想象着红原应该有桂花树所以便那样写了；今早上就出门考察，红军走过的大草原，想来应该找得着桂花树的。

早餐时，便问小店老板当地有无桂花树，那位藏族老兄坚称，红原肯定有桂花树。请他带我去实地查看，他说不空，你可一路向他人打听。

阳光耀眼，风冷刺骨，转了一圈，没有找着，马上又要赶往下一站，我便无趣地回到小店。老板见了悻悻而归的我，大概是出于同情，也许还掺杂了没能陪我一起寻找桂花树的歉疚吧，这家叫月王酒店的老板没多说什么，便送了我一包牦牛肉，说是他们家里自己生产的，诚挚和友善让我感受到了比闻到桂花香还要美好的温暖。

红原到底有没有桂花树？我没搞清楚就离开了。

后来，也记不清是怎样向德高望重的老领导"交账"的，好像是为自己的"兵僚主义"表了歉意，然后还发去不少随手拍的照片"将功补过"。老领导当然宽厚，称赞"高原风光之美令人无限遐想"。于此,自己也算是蒙混过了关。

看来,即便是写小诗这样的事,都是必须把实事求是进行到底的,马虎不得啊,千万不可主观臆断,自以为是,这也算是自己收获的一点经验教训呢。

红原县是1960年经周恩来总理命名的,意为红军长征走过的大草原。从这里出发,过毛泽东和周恩来长征途中会合的著名小镇瓦切塔林不远,就来到了若尔盖县的班佑村,小学课本中反映红军长征途中的七根火柴、金色鱼钩等真实感人的故事就发生在这一带。

在高原早晨明净润朗的阳光下,一个名为"胜利曙光"的红军纪念广场即将竣工。广场上的主体建筑是纪念群雕,表现的是数百名战士相互紧紧依靠着牺牲在一起的悲壮场景。群雕的中心,是一面直指苍穹的旗帜,上面写有"中国工农红军班佑烈士纪念碑"。与之相对应的是数米外的另一组雕像,那是当时的团长、后来的开国上将王平和一名警卫、一名侦察员及一名小战士的雕像,表情悲壮、凝重而又坚毅。

1935年8月底,红军右路军长征过草地,已过班佑河的主力部队发现有一个营的红军掉队,时任军长彭德怀命令王平带队返回寻找接应。王平带着警卫和侦察员在班佑河畔找到了这七百多名背靠着背做休息状的红军指战员,发现除一名小战士尚存一丝微弱的气息外,其他指战员已全部在昏睡中停止了呼吸。热泪纵横的三位将士便背上小战士追赶部队,可刚趟过班佑河,小战士便断了气。

据王平将军的回忆录记载,长征途中许多战士因高原缺氧、气候恶劣、疾病饥饿等原因掉队。约七百多名掉队的红军指战员相互依靠着牺牲在班佑河岸。这是长征过草地有记载的非战斗减员人数最多的一处，而这些红军战士中 14 至 18 岁的小战士占到六成。

尽管早已知道这一段历史的悲壮，但实地感受后，心灵仍然受到了巨大的震撼。据有关机构估算，红军长征途中类似的非战斗减员有二万余人，他们都长眠在这片雪山草地间。

五星红旗的颜色为什么那么红？因为那是用包括这七百多名红军指战员在内的无数烈士的鲜血染成的。不管我们走了多远，都不能忘记我们走过的路。

非常钦佩和衷心感谢当地政府修建这个纪念广场，它提醒着前往瞻仰的人们，红色旗帜不能倒，初心使命不能丢。红军对信仰的绝对忠诚和大无畏的牺牲精神，将永远凝聚和激励着我们踏石留印、抓铁有痕，在万里长征中走好属于我们这一代人的这一步。

步步为营好风景

2021年10月5日,我们的川西高原自驾游来到了若尔盖县巴西镇巴西村的巴西会议纪念馆。

参观纪念馆,在断垣残壁的会议旧址拍了照,便收到好友美国芝加哥大学P先生的消息。他说美国芝加哥的疫情又加重了,加之正申请一个项目,有些忙也有些疲惫,看到我发去的风光照片便感到格外地轻松和愉快。

知道老友是文理兼通的高人,便就刚才在馆内看展时再次想到的,红军长征途中一个事件重要细节的真伪向其请教求证。他很快回复说:20世纪80年代刚到美国的那几年,在图书馆里如饥似渴地读了不少当时在国内不易读到的回忆录和相关书籍,也包括长征方面;关于那事的细节,说真和说伪的都有,说完全没有也不一定准确。

这话什么意思啊?有点像没回答一样呢。我也不再追问,而是开他玩笑说:老兄,从现在起,您所从事的事业包括重要的细节,可千万要高度重视全程留痕哟,这可不是形式主义花架子啊,免得后世为一些也许根本就不值得争论的细节口水仗一打就是几十年，而且谁也说服不了谁。

他大笑不止，说其现在所从事的工作没法与人文和社会科学比，更不敢与从政的工作"掰扯"，因为人文社会科学和从政太复杂，参数特别是未知的参数太多，过程也太复杂太长，还涉及最复杂的人，太难整啦。

我说他太低调太谦虚了，其实根据我自己的理解，人文科学以及所谓从政的实际工作相对说来可能还要简单一些。

他说当年刚进北大读书时真还有一些踌躇满志，可几天后就发现，各省来的那些高考状元做题轻而易举，自己根本比不过，直到半年多后才感觉正常了一些；后来，越走越觉得山外有山、天外有天，但北大刚开始的那一段经历真是让他终身受益。

一会儿后，这位老兄发来了他与朋友Ardem Patapoutian的聊天截图，附有一张一辆轿车被警察的拖车拖走的照片。他说：Ardem今天凌晨被北欧的电话吵醒，说是被通知拿了"炸药奖"，下午估计乱停车或者车坏了被警察拖走了，这对于Ardem来说是"完美的一天！"

同时，他又把一篇丁香医生的原创中文文章《2021最新诺贝尔奖告诉你：辣椒到底是怎么辣到屁股的？》发了过来，文章说的是10月4日诺贝尔生理学或医学奖颁发给了David Julius和Ardem Patapoutian。这是发现温度和触觉受体的两位科学家。

诺贝尔当年因研究优质炸药而声名远播，所以诺贝尔奖俗称炸药奖。如今，星光熠熠的获奖人名单上有了他朋友的名字，他为其高兴，我也为他和他的朋友高兴。

我回复他，祝贺他的朋友获"诺奖"；看了丁香医生的文章，对小时候顺口溜说的"姜辣口，蒜辣心，海椒辣到屁眼丁"的个中原因有了初步了解，谢谢他。

什么样的职业选择更有意义，是从事自然科学教学研究还是从事人文和社会科学？是从事行政管理实际工作还是志在荣获诺贝尔奖为人类利益作出杰出贡献？我一下子有些傻眼，讲不清楚哟。

这时，我们来到了2017年8月地震后首次向游客开放的九寨沟树正群海景区。雪山圣水，白云彩林，湖梯瀑叠，于童话般斑斓绚丽的山水间漫步，我好像邂逅了已失散多年的自己。

第一次来到九寨沟，有如此亲切美好的感觉真是有点神奇。正发呆间，晴好的天空在毫无征兆的情况下突然飘来一阵风雨，周遭的一切陡然变得阴阳不定、扑朔迷离，是留下来躲避等待风雨过后再游玩，还是"随大流"立马跟车离去？

同来的游客大多选择离去。我这人贪玩，选择留下来，琢磨着待风雨后继续与刚刚邂逅的那个自己一起继续同游这人间仙境。听着耳畔风和雨的呢喃，与仿佛伸手可摘的低云相互凝视，我又想到了关于职业选择的问题，禁不住无声地笑了。

人往高处走，水往低处流，哪个不想找到更实惠、更体面、更崇高的职业呢？可人与人之间智商、情商、财商、逆商等方面的差异是客观的，有些方面可比，有些方面能比吗？任何人都可以有任何想法，可任何人要实现任何想法，都必须有能力和实力来支撑啊。

凡夫俗子如我者，穷其一生的努力，能有多少主动选择职业的余地？在社会主义初级阶段，职业是谋生的手段，而形势通常比人强，很多时候不是我们选择职业，而是职业选择我们；我们所能做的，是能够改变的就改变，不能改变的就调整和适应，力争做到干一行、爱一行，钻一行、精通一行，成为自己行当内的行家里手，这样坚持下去，自己的职业生涯也应算是有滋有味的嘛。其他的，想多了没用，甚至可能有害。

同在地球村，都是一家人。让我们致敬那些更有天赋、更有才华、更加勤奋、更多贡献的成功人士吧，同时，也让我们把自己人生之路的每一步踩稳，把脚下的路走正，我们的生活同样美好，我们的人生也完全可能活成自己想要的样子。

五彩池

雪山圣水
童真般纯洁清冽
斑斓绚丽
初恋般美妙甜蜜
还有白云彩林

还有湖梯瀑叠
梦幻倒影静如处子
超出想象的奇异
遇见你
我邂逅了失散多年的自己

倏忽
飘来一阵细雨
瞬间
你扑朔迷离
该留下还是离去
风在凝视
云在沉思
你沉默不语
蓝色蝴蝶翩跹而至
我的心湖
泛起层层涟漪

渝沪一江腊梅香

2021年11月27日，上海同行Z女士把我2017年12月23日写的《腊梅》诗发给我，说是特别喜欢其中"不想活成标本／唯愿舒展心灵"等句，并说："今年腊梅花开时，期待您的腊梅新诗。"

我请教她上海的腊梅长得怎么样，她说到处都有，成林的不多。我说腊梅也许特别适合在巴山渝水间生长呢，快了，每一年都会有那么几十天，重庆城乡处处都是腊梅香。她说很钦佩腊梅"最柔弱的姿态，最顽强的生命力！"我说记住啦。

十三年前，我们有幸成为全国本系统第一次组团的成员赴德国参访培训，她是团里年龄最小的团员之一，还是彼此一直都有联系的本家小妹，这首诗我是一定要写的了。

2021年12月17日，山城的腊梅花大多还在沉睡中，迫不及待的我便对着一株含苞待放的腊梅树冥思苦想起来，写下了这首《腊梅香》：

　　无声无息　若现若隐

  无踪无影　时远时近
  可能是昨夜
  也可能是今晨
  她翩然而至一身诗意
  像旭日东升晕染出满天祥云
  像童声合唱曼妙起天籁之音
  像风过湖面涟漪阵阵万千柔情
  幽香彻骨典雅温润弥漫山水之城

  要历经怎样的磨砺
  才会有这寒冬的精灵呢
  黝黑虬曲的枝干
  缀满了饱经沧桑的皱纹
  和悲怆凝重的疤痕

  发出后，上海好友不及反馈信息，一些朝夕相处的兄弟姐妹却按捺不住议论开了。

  Z 先生说：幽香虬枝，沪渝一江诗。

  X 女士说：腊梅年年有，今冬缕缕芳。咏梅诗千首，唯此别样香。

  M 女士说：寥寥数语，人生哲理，很喜欢！

  上海的 X 先生说：翩然而至一身诗意/像旭日东升晕染出满天祥云/像童声合唱曼妙起天籁之音/像风过湖面涟漪阵阵万千柔情/幽香彻骨典雅温润弥漫山水之城。晕染出、曼妙起、万千柔情、幽香彻骨、典雅温润，这些都是我非常喜欢的调性！

L女士说：腊梅枝的遒劲与花朵的柔美曼妙融合，爱她清逸优雅的美丽和沁人肺腑的幽香，更欣赏她不屈不挠的意志和灵魂。

R女士说：这般的诗情画意才是人生正确的打开方式。

Y先生说：遥嗅暗香浮动之沁雅，又感黄昏风雨之沧桑，喜欢！

而由更多的朋友重复着说得最多的两句是："梅花香自苦寒来"和"不经一番寒彻骨，哪得梅花扑鼻香"。

还有的朋友反馈的方式和内容颇有纵深感，令我感动和振奋。

渝中半岛的Z女士说：这是去年在电梯里第一次遇到你后发的一个朋友圈的内容。现在回过头去看一看，有了更多的体会：下班在电梯里遇到爱写诗的同事，聊了几句。突然想起，几年前的自己也是爱感慨的人，什么时候就开始了噤声不语，眼神越来越疲惫，想法越来越懒惰。所以，很佩服他的少年心，还有他对这个世界或热情或愤怒的心气（时间是2020年12月1日19时26分）。

我开玩笑地问：哪个在骂我？还是拜托维护一下形象哈。

她回：好像夸的人比较多。向你通报一声，今天晚上刚刚全国文明城区达标测评验收结束，结果未知，但基层同志众志成城，共同奋斗的过程让我体会深刻。就像诗句中说的，"要历经怎样的磨砺，才会有这寒冬的精灵呢"。

我发去了乖萌胖墩的小女孩眯缝着眼睛笑着嗑瓜子的得意表情,并说:向基层干部群众学习确实是很重要的,祝福你身体健康、事业如歌!

W先生说:长江首尾,梅香沪渝。在黯然的冬季,梅花点燃缕缕念头游动,就为寒风里透出春的信息,它把悲怆和坎坷炼成了动力与燃料……你写梅多次,次次不同,一次比一次用心用情深厚。致敬你的奉献!

然后,这位老兄——罗列出我自2019年以来写梅的小诗7首,悉数转发给了我:2021年11月26日,《友情》;2021年10月11日,《子夜微信》;2021年4月17日,《乡恋》;2021年2月27日,《美人梅》;2020年1月4日,《希望》;2019年12月31日,《腊梅》;2019年3月30日,《仲春》。

他说:人随心,心有所好,诗有所现;行随意,意有所定,格必同等。

W先生真是一位有心人啊!我向他道谢,并将对话内容转发给了上海那位本家小妹。她回:再没有比腊梅更清爽的香了,闻香真愉快!

是啊,在红尘滚滚、物欲汹汹的世界里,干干净净、清清爽爽的友情是多么的弥足珍贵!

我住江之头,君住江之尾,日日思君不见君,共享腊梅美。

我想,待疫情解除之后,下一次山城腊梅花开的时节,应该邀请包括上海小妹在内的、长城内外、大江南北的当年同学来一趟重庆,争取在梅香四溢的鹅岭公园开一次讴歌友情和生命的同学会。

记忆是一段微醺后的即兴芭蕾

记忆力是很重要的。

几天前,参加一批老同事的聚会。若干年过去了,同事中有的已成为不同业界的精英翘楚,其中几位带着所在行业话语体系的特征,从不同角度说到了记忆力的重要。

一位"主干线"上的老兄说,在一个地方当"一把手"或当纪委书记监委主任,可以暂时"不出手",但如果半年下来你还看不清楚、记不住本级管理的那几百个干部中哪些担当干事、清正廉洁,哪个可能涉嫌贪腐,那你要正确判断这个地方的政治生态可能就难了。

一位企业界的老总说,在当今环境下经商办企业,如果对市场不敏感,不懂合理避税,而且不熟悉相关法律法规和政策,没有几百个数据烂熟于心、倒背如流,那同行业中你也就基本没法混下去了。

一位搞时事评论的专栏作家说,这个行当同样需要良好的记忆力,如果对国家的大政方针没有深入的学习了解,相关的知识结构和话语体系没有基本的融会贯通,那做专栏作家就基本没法开口说话了。

　　一位在机关某单位谋生的兄弟则真切地感慨单位"一把手"变化后的心情不爽，说是年龄渐长，记忆不好了，但过往的那些人事、经历、细节以及一切，都刻印在了脑海深处。单位现状惨不忍睹，今昔比较天壤之别，所以不愿多想多说，怕玷污昨日的美好和损伤往昔的记忆。

　　他们说的话题有些严肃和沉重，我也赞成或者能够理解，但单从记忆力方面来展开讨论，我感到困惑又特别钦佩的不是这几位老兄，而是我的夫人，即我们家里的"一把手"。

　　她也时不时地抱怨自己的记忆力越来越不好了，平常表现出来的行为，有时确实像农村土话说的"背起娃娃找娃娃"。比如，她会一手拿着手机，另一只手不断地在手提包或口袋里找手机，还会边找边问："哎，我的手机呢？刚才都还在啊，你赶快打一下我的电话！"有时弄得我也跟着着急帮着找。可就是在这样状态中的她在有些时候有些方面，其记忆的清晰度、精准度常把我惊得瞠目结舌。

　　比如，有时我问预防感冒的柴胡冲剂在哪里，她一般会脱口而出，说在哪间屋的哪个柜子，顺数还是倒数第几个抽屉的第几层以及靠左还是靠右的位置。她的这种本事，当然还包括在她漫不经心看电视或刷手机玩时，我问厨房里的每一件锅碗瓢盆以及针头线脑的具体位置，她几乎都能不假思索地做到"一口清"，真让我发自内心地佩服！

　　每个人的大脑也许都是尚未开发到位的超级计算机，前景是令人鼓舞的极其广阔；现实生活中不少人之所以认为自己的记忆力不强，原因应在于他们自己作了选择性记忆或选择性失忆。

爱好和兴趣是最好的老师，有了爱好和兴趣，我们大多能够做到一定记得住、记得多、记得深、记得牢。没有爱好和兴趣，当然就不想记、记不住了。

三天前的夜晚，中央某新闻单位驻渝负责人C先生发来一个视频，是浙江电视台"穿越时光来见你"节目内容。这档节目隔空对话，洋溢着人性的温情之美，我喜欢它别具一格的"海天味"。这个视频是为演员张涵予策划的致敬之旅，致敬的对象，是日本20世纪七八十年代具国际声誉的著名女演员中野良子，即电影《追捕》里的女主角真由美的扮演者。

中野良子是一代人的记忆，一代人的女神。张涵予与女神见面的地点是由中野良子精心优选的，那是一家《追捕》中男主角演员高仓健去吃过八百多次饭的酒店。张涵予非常满意，两位在那里对坐相视，不由自主地深情哼唱起了电影里的主题旋律"啦呀啦……"，背景板同期播放着电影中的相关镜头，两人沉浸于共情的温暖中。

然后，张涵予端上一道菜，是他亲手学做的麻婆豆腐，他说这是高仓健生前最喜欢吃的中国菜。中野良子立即用中文说："是的。"张便请她一起品尝，中野良子便仰望着空中问道："高仓健先生，我代您品尝可以吗？"张涵予也看了看她看向的空中，有些哽咽。中野良子颇为感动。

气氛缓和一下后，张涵予告诉她，当年高仓健去世时，中国的中央电视台新闻联播节目都作了报道的。他看了新闻联播报道后，立马找出已看过三十多遍、能够完整背下全部台词的《追捕》，直接快进到影片末尾处高仓健与中野良子的那几句经典对话处，看完后，他独自一人大哭了半个小时。他坦言，高仓健是自己想成为的那种人，在看了《追捕》后，也就是十几岁的时候他就立志要努力成为一名演员，而他去年决定重拍电影《追捕》，为的也是向高仓健致敬。日本方面安排由中野良子演女主角，这咋不令他无限感怀呢？

这是记忆的魅力，也是记忆的美好。高仓健和中野良子也是我们这一代人的偶像级影星。看完视频，我也为张涵予的真情而感动。我对 C 先生说：请把我写的小诗《记忆》献给你认识的那些真性情的演艺界朋友吧，祝他们幸福。

岁月不居，真爱永恒。我们想记住的，一般说来更多的是有如初恋那样的情愫，记住那些春日阳光，新鲜空气般的优秀、卓越、美好、快乐、甜蜜、温馨、热爱、喜欢和所有值得记忆的人事和情谊。

围绕过往记忆，面向美好明天，我想用平淡的文字来抒发浓烈的情感，来提炼和再现最生动鲜活的记忆场景及细节，来坦陈和升华我们每一个人心中都有的那个"你"。

它也许能让人读后顿生"此情可待成追忆，只是当时已惘然"的感慨；当然，它最好还能够让人读后感觉到欣赏了一段微醺之后的即兴芭蕾。

记忆

昨天藏好的宝贝
今天不知放在了哪里
刚刚锁好了房门
却发现钥匙忘在了屋里
甚至左手拿着手机
右手在摸索手机
甚至醒来想好的诗句
起床便不知所以
而只要想起你
一切都分外清晰
包括几十年前那么多的第一次
以及每一个第一次
的那些细节
以及那些细节的细节

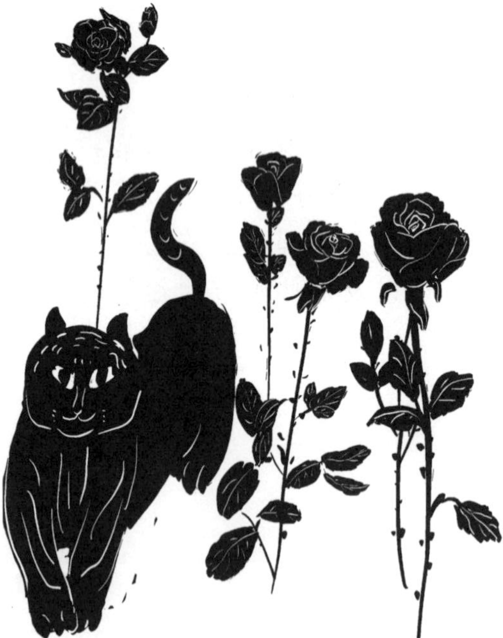

关于一首小诗的那点儿事

长春好友 W 先生是二十五年前北京培训时的同学。他读本科学的是中文,后来读了吉林大学的法学硕士、博士,工作之余,心心念念的却还是文学和艺术。

W 先生是学者型官员,儒雅睿智,古道热肠,曾带着从未到过重庆的嫂子来渝看望我这位"老弟",还让女儿到重庆上了大学,说这与我是重庆人很有关系。我很尊敬他。在我的眼里,他一身优点,就一个弱点——但凡高兴的时候,时不时会通过电话或微信方式拿我逗乐。

昨天晚上,他向我"请教":是不是谁都可以写诗,啥都可以入诗,他可以写诗吗?

我说最近一直没招惹你啊,今晚又来欺负人,干吗呢?

他不紧不慢,用长春普通话又重复了一遍"请教"的话。

我说这不是骂人不带脏字吗?就我这点功底敢在你这位关公面前耍大刀?他要求我想一想,改天讨论讨论。我直接怼他:不想,那是你的事,我等着聆听你老兄的教诲。

话虽这么说,但他的"请教"一下子唤醒了我对这个问题的关注和思考。

我感觉 W 先生的话实际上说穿了本质，就如同他法学的专业术语"法无禁止即可为"的道理一样，在诗歌的作者对象、题材范围等没有禁止性规定的情况下，确实是谁都可以写诗，啥都可以入诗嘛。

但我感到想不具体，思考也难以深入，咋办呢？

于是，我把 W 先生之问，即是否谁都可以写诗，啥都可以入诗的问题发给朋友们"请教"。哎，很快便有了回音。

W 女士说：在喧嚣处寻找宁静，在纷杂中捕捉美好，则花草树木皆可入诗，云烟日月都可入画，风霜雨雪尽可成歌，四季风韵全成风景。

C 先生说：大丈夫的诗，应如雄狮般威猛，如剑刃般锋利；也可以柔美如蝴蝶，那应该是能引发蝴蝶效应的蝴蝶。

M 女士说：只要有一颗诗意的心，生活中处处都是诗，再琐碎的生活点滴都可化作耐人寻味的诗句。

D 女士说：深邃的思想、灵动的思维、有趣的灵魂，是写出好诗的必备条件。

W 先生说：有的人是装作诗人状在写字，有的人似乎是不经意间信手几笔就成诗，诗是深情和深思交融的自然流露。

Y 女士的微信，如同一篇感人的作文：

诗，可以兴，可以观，可以群，可以怨。一切都是诗的元素，诗又是一切的注释。你《灵魂之趣：心灵与大千世界的对话》一书中的诗就是生活赋予你的体验感之再现，诗情画意又正能量满满。尤其是每首诗后的配文，让读者更加深入地了解到您创作的心路历程，作者读者一起走进诗歌的深处，产生心灵的共鸣。我们这些期待"每周一歌"的朋友们"齐聚一堂"，以诗为媒，作思想的交流、碰撞、融合，那是世俗喧嚣中宝贵的精神享受！

很有意思的是秀山的川河盖是你诗里的"常客"，读过你的 N 首川河盖诗后，它就像是谜一样的存在，我们都盼着尽早能去一睹川河盖的美魅风采。"秀山之子，最爱秀山"，你对故乡纯粹和深沉的爱，尽显于你作品的字里行间。盼望你能持之以恒，让你的诗歌长伴我们愉快的周末！

T 先生说：《知北游》中记，东郭子问于庄子，"所谓道，恶乎在？"庄子："无所不在。"

道，无所不在，诗无所不在。《诗经》中既有庙堂之上的"颂"，也有阳春白雪的"雅"，更有下里巴人的"风"。流传百世，唯有诗歌。碣石之上早已无秦皇虔诚祭天的踪迹，却永远留下了曹操吞吐天地的英雄气概。

Z 先生则说有情怀，有格局，有志气，才有诗的好品相，并填词一首阐释他的主张。

鹧鸪天·答张公问：问道潜心业自修 / 开篇落笔酝从头 / 一朝步入仄平乐 / 七载除祛冷暖愁 / 唐性烈 / 宋怀柔 / 清风明月共斟瓯 / 醉同陶令东篱下 / 梦伴翰林荡扁舟。

太厉害啦，这些人中没有一个是从事相关文艺创作或评论工作的，可他们说得是多么的透彻和精彩啊！

我们国家最早的诗歌总集《诗经》，风雅颂共三百余篇，其中《风》的各篇都是周代当地的民谣。汉乐府五千多首，相当部分也是直接采集自民间的歌谣，这足以说明从古到今真的是谁都可以写诗。任何人写诗只要做到"诗言志，歌咏怀"，写理想抱负，写志趣情态，写其他林林总总、方方面面，确实也是啥都可以作为入诗的题材。

记得自己刚参加工作前后，农村土地承包到户时间还不长，极个别地方农民吃饭有闹春荒的现象。那年春天，我随老同志去著名的秀山花灯民歌《黄杨扁担》的故乡溪口乡搞调研，一天早上，路过一对酷爱唱民歌跳花灯的崔姓夫妇家，我耳闻目睹了一个几十年来难以忘怀的真实故事。

小两口起床做早饭，打开米柜，看见已没有可以下锅的（米或面等）东西了。愣了片刻，老崔马上一脸笑容地对老婆说："管他的嘀，先跳段花灯再去找米下锅哟！"于是，恩恩爱爱的小两口大大方方地边跳边唱，还即兴加入了欢迎我们到农村来的说白，表演抒情爽朗、诙谐风趣，令人印象极深。只是可惜当时没有把唱词和说白记下来，那可都是说人话、接地气的好诗句啊。

说了这么多，能不能循着雅俗共赏的方向，以长春W博士的诗论观点为基础，以诸多朋友精彩的"同题共答"为补充，合成创新写一首小诗呢？于是，便有了《关于一首小诗的那点儿事》：

"谁都可以写诗？"

是的
"啥都可以入诗？"
是的
黄雀风濯枝雨
山野村夫恺悌君子
一切可以是诗
诗可以是一切
只要你笔下的汉字隐藏秘密
秘密的平仄起伏有韵律
只要你表面的寡淡品得出甜美
晦暗的底色滋长着瑰丽
抑或无聊透顶都饶有兴致
晃晃悠悠又踏踏实实

而我呢
更喜欢壮怀激越
恰似雄狮不经意地
用前爪触碰剑刃的锋利
即使低回
也只想变成
亚马孙森林的那只蝴蝶
扇动双翅
混沌中飞翔
悄无声息

喜把虎年盼

我夫人属虎，一些朋友盼望壬寅虎年的心情颇为热切，我当然为这个巧合而高兴。

不知道是否"人勤春早"，反正从腊月二十八起，便时不时地收到祝福虎年的微信、视频和短信，有的幽默搞笑，有的激发思维，有的慰藉心灵，有的启人心智，年的氛围浓烈起来，部分抵消了疫情带来的郁闷，人也感到轻松自在温暖了许多。

恰如同事 W 女士说的：在大时代的背景下，只要我们细品，每一个生命都是郁郁葱葱的旺盛，每一处生活都值得珍惜和致敬。

一位朋友发来一段 8 分钟的现场视频，说的是海南文昌某村迎接虎年全村总动员做年饭的场面。风景如画的椰林深处，一字儿排开的 12 个临时老虎灶柴火正旺，12 位大厨守着 12 口大锅同时上阵炒菜，全村男女老少各司其职，每个人的脸上都洋溢着海南阳光般的喜悦欢畅，不一会儿，91 桌文昌乡村宴一起开席，场面蔚为壮观，朋友称之为"中国农村第一流水宴席"。

文昌乡村宴席的丰盛和美味真还不是浪得虚名。

我出生在海南文昌,在重庆秀山长大,那些年曾多次听母亲带着优越感笑着说过,秀山农村的酒席同文昌相比差距还是比较大的。当时我心里是不太服气的,心想可能是母亲因家乡情结而心有偏执吧,及至后来有一次随母亲回文昌过春节,体验了类似的乡村宴席,我才确信母亲说的是客观真实。

细想一下,这也正常,在插根筷子都可能发芽,甚至开出花来的海南岛,一年四季数不胜数的新鲜果蔬那是多么丰富繁盛的食材来源呀,何况还有那么多我见所未见、闻所未闻的海产品呢。当然,我也在想,如果重庆秀山也有那么好的天时地利条件,如果沿着"中国桌山"川河盖边缘的风景线就是海岸线,那么,秀山的乡村大厨们也完全可能做出同样丰盛美味的宴席来的。

这个视频很接地气,真实反映了文昌乡下百姓生活的年味道。看了两遍后,我便转发给了重庆和海南的两个全家群。

出身军旅的企业家诗人Z先生则是开着玩笑在抒情:向张兄报告,我今早(腊月二十九)8点20分从渝出发,10点40分到达老家四川大竹,一路畅通。幸而今天的曾家湾冬阳煦煦,山岭翠翠,爆竹阵阵,炊烟袅袅,车辆熙熙,乡亲欢欢。人逢盛世,笑逐颜开。遥祝老兄大年欢喜,阖家欢乐,万事顺心!

我也幽默着回敬他：曾家湾出了个 Z 先生，了不起，虎年大吉！

青年才俊 P 先生发来信息拜年：恭祝张老新年快乐，虎年大吉！愿身体健康，万事顺遂，葳蕤繁祉，延彼遐龄。天增岁月人增寿，春满乾坤福满门！

该说点什么呢？我一时无语。想了想，我回信感谢，祝福他一切顺利，前程似锦。

这位年轻人的祝福令我百感交集，甚至有"一语惊醒梦中人"之感叹。

这是我平生第一次遇见有人以书面形式称呼我为"张老"，我空前清醒地意识到这个称谓对于自己人生的历史性意义。20 世纪 80 年代参加工作至今，我在完成由"小张"向"老张"的华丽转身后，首次迎来了"张老"的高光时刻。三十多年过去，弹指一挥间，我真的老了吗？可我还有好多该做的事没做，该想的问题还没想明白呢，咋一下子就变成"张老"了呢？

我想起了朋友发给我的那首"人生"打油诗，幽默中透着几分苍凉：0 岁闪亮登场，10 岁茁壮成长，20 岁为情彷徨，30 岁拼命打闯，40 岁基本定向，50 岁回头望望，60 岁告老还乡，70 岁搓搓麻将，80 岁晒晒太阳，90 岁躺在床上，100 岁挂在墙上。

人生苦短，流年不允许我们太任性，自我感觉良好往往就不好，只是自己感觉不到而人家又不便挑明说罢了。老话说得对，"革命靠自觉"，趁着这次春节假期，自己应该好好盘点梳理一下，把需要抓紧做的事择要开列一张清单，时间倒逼抓落实，争取少留遗憾。

想午睡片刻，可又有微信来了。昔日同窗 L 女士说，要过年了，借用李鸿章的一副对联送上真诚的祝福：享清福不在为官，只要囊有钱，仓有米，腹有诗书，便是山中宰相；祈寿年无须服药，但愿身无病，心无忧，门无债主，可为地上神仙。

品读再三，脑子里"辩证"了一下，本人感觉李鸿章的这副对联似乎是话中有话：要想享清福和做到长寿，不一定要当官，只需要有钱有米有诗书，无病无忧无债主，智商财商情商同时满足这些个条件，你就能够实现财务自主人身自由，就能够活得像世俗的宰相和天界的神仙。

生活品质和人生价值的高境界只能是做山中宰相和地上神仙？看来，李鸿章的真实主张还是"万般皆下品，唯有读书高""学而优则仕"和"官本位"那一套。

这时，渝中半岛同事 F 女士告知，她和她的亲戚朋友大年三十夜要入住秀山川河盖的星空酒店，想去那人烟稀少的"中国桌山"听雪落南国的声音，问我有何建议。

F 女士的认真和浪漫令我感动。我老实告诉她，现在的川河盖天寒地冻，这个时节我都没在上面住过呢；最好放弃，改选在夏天或秋天去，川河盖的夏秋之美要是打了折扣我全赔，你先看看我以前的文章、照片和视频吧。

她看了，说信我所言都是真实，但还是坚定不移要去。而且她认为川河盖一年四季都是美的，不同时令肯定会是

"各美其美"！

执意要去，还如此坚定，我又不能陪同前往，咋办呢？过年氛围，一切都是美好的，衷心祝福她们一家在川河盖过得快乐和幸福。

我想象着她们勇敢地登上了四周都是千米峭壁环绕的川河盖，想象着高山大盖那些纷纷扬扬的祥瑞雪花与她们相拥满怀的美好画面，写下了后面的这首小诗。

谨把它献给我虎年出生的夫人，献给众多去过和即将奔赴川河盖的朋友们，献给家乡和祖国的山山水水，祝福每一位亲戚朋友新春快乐，虎年吉祥，祝福中华大地风调雨顺，国泰民安！

川河盖的雪

哦，朋友
说来你不相信
昨天，子夜时分
川河盖瑞雪
已飘落我的梦境
于是
兴来作答
片片晶莹
情往以赠

朵朵灵性
熔断了沉闷和冰冷
纯洁简单轻盈
白茫茫大地真干净哟
南国春早
乡愁风润
麦苗和诗句正悄悄然返青

一起向未来

2022年2月4日20时,作为新冠肺炎疫情发生以来首次如期举办的全球综合性体育盛会,北京第24届奥林匹克冬季运动会的开幕式在北京鸟巢(国家体育场)举行。

完整地看完一百分钟开幕式,感到张艺谋团队确实做到了"简约,安全,精彩"。开幕式全过程的清新、纯粹、唯美、浪漫、圆满,温暖从容,极富高级感地清晰表达了当今中国和华夏儿女的价值取向和昂扬向上的精气神。

有三点印象特别深,特别美。

一是天才般的创意无处不在。最大的亮点是点火仪式的改变,可谓百年奥运史上的首创。

受大诗人李白"燕山雪花大如席"诗句的启发,团队贯彻"一朵雪花"的设计理念,各代表团的引导牌都是雪花造型,各个雪花造型的引导牌汇聚一起,最终拼出橄榄枝状的一朵"大如席"的雪花。寓意真好啊!世界上没有两片相同的雪花,但依靠相互的依托和借力,能够实现"世界大同,天下一家"。火炬传递到最后一棒时,最后一棒的火炬手来到舞台中央的巨大雪花前，微笑着从容地把火炬稳稳地插入雪花的中央；"大如席"的雪花缓缓升空，配合着背景解说，中国向世界传递出一个崭新的概念：微火。

舍弃了百年奥运一成不变的"点火"方式，改由最后一棒火炬手的火炬直接成为了主火炬。以前的火炬文化打上的都是主办国的印记，这一次却是由每一片小雪花，即每一个代表团的引导牌共同组成世界大雪花，大家协力点燃和守护奥林匹克主火炬。共同弘扬更高、更快、更强、更团结的奥林匹克精神，共建人类命运共同体，无需炫耀，这就是中国作为负责任大国的风范。这是一个创纪录的瞬间，无论你喜欢或不喜欢，我们传递的理念是清晰而鲜明的。

二是既讲悠久历史更讲当今的中国故事。2月4日，刚好是中国农历二十四节气之首的立春。开幕式充分利用这一完美巧合，浪漫而唯美地讲述了二十四节气的中华智慧，突出立春这一重要元素，亲切温暖地阐释了瑞雪兆丰年的寓意，润物无声地传达了冬去春来、万物生长的东方意蕴和积极向上、一起向未来的乐观精神。

各个代表团雪花造型的引导牌，其设计灵感来自中国结图案。中国结是古老的手工编织工艺，精妙之处在于每一个中国结从头至尾都是用一根线来编织完成，寓意的就是团结和吉祥。

引导员一人一顶虎头帽，采用的是来自河北民间的传统虎头图案。农历虎年，人们习惯给孩子们戴上吉祥的虎头帽，象征着我们在新的一年里将更有勇气，更加乐观，更具活力和更有力量。

2008年北京夏季奥运会由李宁做"空中飞人"点燃的那个火炬一小时消耗五千立方米燃气。为了维持巨大火焰，当时还专门配建燃气站提供燃料。这次改进后的火炬碳排放量仅为上次火炬的五千分之一。而且在北京、延庆、张家口三个有赛事的城市，都设计有雕塑般的火炬塔，人们可随意赏玩拍照。

同时，全球首位数字航天员小净，在遥远的火星上以手势舞祝愿北京冬奥会圆满成功，大家携手一起向未来。

开幕式把文艺表演和仪式环节合二为一，融入科技美学、低碳环保、运动健康等理念，从容自信，温暖大气地讲好今天的中国故事，传达出我们的价值观，体现当今中国的时代特色。也许，这就应该是北京这个世界上第一座"双奥之城"应有的样子。

三是鲜明的人民性。参演者只有三千人，不到2008年的五分之一，他们都是来自各行各业的普通群众、志愿者和运动员。不用明星用"素人"，让普通人站上这个当夜的世界舞台中央。最典型的是暖场表演，30分钟的中国式广场舞，没有主持人，完全是大众参与，年龄最大的70余岁，最小的仅5岁，氛围热烈喜庆而又放松自在，把当今中国老百姓的精神面貌展现在全世界面前。

同样令人耳目一新的还有国旗手手相传，传递国旗者由各行各业的代表和56个民族的代表组成，高矮胖瘦都有，表达了人民与国旗之间真挚亲切的情感；吹小号的小男孩正在换牙，他用心用情地吹奏，可还是因有点儿漏风而影响效果，这让人觉得更加真实感人；用希腊语合唱《奥林匹克颂》的马兰花童声合唱团的几十名孩子，全部来自于河北省一个两年前才摆脱绝对贫困的山区小县。

开放心态，平静对待，全世界正聚焦中国，那么就让我们把该做的做到位吧。雄辩是银，沉默是金，因为自信，我们也不用刻意去告诉人家自己的状态很好。

今天还有一个意外让国人荡气回肠、精神振奋，那就是铿锵玫瑰在这个寒冷的凌晨惊艳绽放。

亚洲杯半决赛中，主力伤重缺阵的中国女足对阵世界杯冠军得主日本女足，第26分钟，日本队进球；第46分钟，中国队还以颜色；第103分钟，日本队再次破门得分；第119分钟（即加时赛的最后一分钟），中国队成功扳平；最后点球大战，中国队4∶3力克日本女足，时隔14年重返亚洲杯决赛。

面对强劲对手，中国女足敢于亮剑，以弱胜强，令2月1日大年初一中国男足1∶3惨败越南带来的沮丧和压抑一扫而空。有的球迷在调侃"中国男子足球"几个汉字，说是"中国"俩字对不起国家，"男子"俩字对不起性别，"足球"俩字对不起足球运动，而更多的球迷和全国人民几乎是一边倒地盛赞中国女足坚忍不拔、顽强拼搏、绝不认输、永不言弃的宝贵精神，盛赞铿锵玫瑰的灿烂绽放给当晚开幕的北京冬奥会献上了一份厚礼，给即将参赛的中国队员以极大的精神鼓舞，是中国健儿们学习的榜样。百年未有之大变局面前，各行各业都太需要中国女足那样的格局襟怀和意志品质了。

看完开幕式,我很快写就这首小诗,既是对那些创造者推动者参与者和中国女足的由衷赞美,更是对北京冬奥会圆满成功和祖国与世界一起向未来的美好祝福。

2月4日24时前,我把小诗发给了成百上千位亲朋好友,祝愿他们周末并虎年春节长假继续快乐!

一起向未来

没有刻意铺陈的气派
没有吊高胃口的期待
似乎都是不期而遇
却梦幻般美好
与雪花和橄榄叶撞了个满怀
底蕴在这儿
自信在这儿
没必要彩排了再彩排
直播就直播吧
出点意外
会更精彩
就像铿锵玫瑰
最冷的凌晨惊艳盛开
就像虎年的立春

黎明时分悄然到来
深永之爱
融入浓浓的年味
瞬间贯通华夏儿女的血脉
长城内外五洲四海
万物复苏春潮澎湃

幽默在春风里开出了花儿

人一辈子真正需要的东西并不多，但幽默是必需品，不可或缺。

宋人说"不如意事常八九，可与人言无二三"，那"八九"是人生的无可奈何，不说罢了，可余下的"二三"就弥足珍贵了。其中，幽默应当有一席之地，需倍加珍惜，且应主动与朋友言说分享，这样，我们平凡的人生会平添不少有趣和鲜活。

2022年3月19日清早，不确定是否与头一天深夜中美两国元首视频通话后中美关系和乌克兰局势让人感到谨慎乐观的氛围有关，反正我明显地感觉到了，美国芝加哥大学的好友P先生心情是高兴着的。他一下子发来两个视频，是美国两家知名电视台的脱口秀节目，说的是文化差异带来的外国人在中餐馆点菜被"歧视"的种种搞笑。我连看了两遍，因语言障碍难以全面领会其精微，但友善调侃的大意还是能够把握的。

见P先生这么幽默，灵机一动，我也开起了老友的玩笑。

来而不往非礼也,他用英语节目考我,我也来考一考他老兄对乡音土语还记得起多少。于是,我回复他:"看了两遍,听得懂句吧。"

他回复了,大概是基于对我英语短板的同情,提醒说"可看中文字幕"。

我大笑不止,连著名的"听得懂句吧"都听不懂了,看来他老兄把秀山话中著名的幽默桥段给忘掉啦。

我发去一个憨胖小女孩两只小手相互叩击着灿烂大笑的表情包,然后文字说明了"听得懂句吧"的来龙去脉。

半个多世纪前的某年某月的某一天,解放大西南入川来到秀山工作的南下老干部林某某,操一口河南太行山区老家的普通话为被称为"秀山西藏"的某个边远乡村的基层干部作报告。他对待任何工作都很认真很负责,包括向农村基层的干部群众作宣讲。口干舌燥地讲了半天,可听众的表情大多木讷得有些呆萌,他便急切地大声地问:"我讲的你们听懂了吗?"全场无人应答,都报以当地人式的憨中带点坏意的微笑。他心有不甘,重复着又问了一遍。这时,一个胆大一点的村支书勇敢地冒了一句硬生生的本地粗话:"听得懂鸡巴!"引来一阵开心的哄笑。

林听不太明白,有些尴尬,但还是看着那个农民夸奖地说:"听得懂句吧?哦,也好嘛,也好嘛,今后多开会,多开会,你们就会听得懂更多的!"

P先生立马回复一个大笑不止的表情,我看着手机上那个意味着他对我们土得掉渣的乡土记忆已完全心领神会的表情，也得意洋洋地一个人哈哈大笑了起来。

其实，那位农民所爆粗口是彻底否定的意思，即是说林某某在台上讲了半天，他们完全听不懂或完全没听懂，可林某某把当地人爱说的"听得懂句吧"与"听得懂鸡巴"弄混淆了。前者说的是没完全听懂，但听懂了一句或者几句的意思；后者的意思则发生了根本性的改变，因为完全没听懂而心焦发火爆粗口骂人啦！

林某某在秀山工作期间留下了很好的口碑，同时也留下了初到秀山深入实际、深入群众因语言交流障碍闹出的这个笑话。据说，若干年后他自己说起这事时也忍俊不禁，这个笑话也成为了当地干部群众茶余饭后一个经典式的小幽默。

最近听说，北京的一些朋友圈里流行说几句话，大意是：何为幸福？白天有说有笑，晚上睡个好觉；何为智慧？安排的事能做好，没安排的事能想到；何为情商？说话让人喜欢，做事让人感动，做人让人想念；何为正能量？给人希望，给人方向，给人力量，给人智慧，给人自信，给人快乐。

这几句话很提心气，它们有一个共通之处，就是有幽默和风趣在支撑着语言的鲜活表达。

昨天深夜，举世瞩目的中美元首视频通话后的新闻稿中展示的我国外交的风度、格局、情怀令我心生感慨，颇为振奋。特别是拜登总统的承诺和随后习近平主席对其承诺的回应很有意思：

> 我（拜登）愿重申：美国不寻求同中国打"新冷战"，

不寻求改变中国体制，不寻求通过强化同盟关系反对中国，不支持"台独"，无意同中国发生冲突。美方愿同中方坦诚对话，加强合作，坚持一个中国政策，有效管控竞争和分歧，推动美中关系稳定发展。

习主席的回应先是重复了拜登讲的"四不一无"，然后强调"对于你的这些表态，我是十分重视的"。这真的是很有意思啊！美国的承诺还少吗？"你"作为一个负责任的大国说话还是要算数才行哟。

"响鼓不用重槌敲"，我国领导人东方式的智慧和幽默，拜登先生他听懂了吗？

这个世界没有善良人想象的那样文明，更没有善良人想象的高尚，面对仍然奉行丛林法则的国家，那真是只有发展才是硬道理，只有实力才是硬道理啊！面对世界百年未有之大变局，中国发展到今天，只要坚持继续做好自己的事情，我们还会有什么值得害怕和担心的呢？

很欣赏今天一早看见的另外一篇文章中的最后一句："剧是必须从序幕开始的，但序幕还不是高潮。"让我们做好准备迎接高潮的到来吧。

明天就是虎年的春分了。在诗人顾城的眼里，这个时节的美是"三月的风扑击明亮的草垛"，是"春天在每个夜晚数她的花朵"。当我们细致入微地去体会，当下这恣肆的仲春之艳中，同样有着幽默的包容所洋溢出的沁人心脾的美好。

仲春抓大放小，举重若轻，似乎只管春意盎然、生机无限的大原则、大方向。于是，在它的世界里，少男少女张开想象的翅膀作属于自己的自由飞翔，全面复苏、形态各异的万千植物竞相野蛮生长，空气中奇葩佳卉清香四溢，任何一缕飘过我们身边的风都饱含着只有这个时节才拥有的柔情蜜意，大千世界的每一个生灵都心怀期盼要长成自己想要的样子，就连巴渝山区最偏远荒凉的石漠中的小草都在用生命顽强地歌唱着，青春与活力把大地变成了色彩斑斓的海洋，世界奔涌着这个时节才有的欢乐、甜美、憧憬和希望。

同时，在这个万紫千红的"大时代"里，也有另类的"小情怀""小情调"在轻轻地、悄悄地散失和消亡。幽香的腊梅花荡然无存，纯净的玉兰花决绝而去，绚烂的桃红李白零落成泥，往年春分时节种下的黄葛树上那些大朵大朵的枯黄叶片如旧时日历般随风飘散。有点不舍，有点悲凉，有点忧愁，有点沧桑，有点低沉，有点昂扬，就像这三月的阳光，让人感受得到回暖，却又觉得不如再晚一些日子的阳光那样朗润酣畅，就像这个季节十五前后夜晚的月亮，明媚柔丽又有如宋代诗词中的清幽微凉。

面对这一切，仲春做得那可真叫好哟。

一方面，它热情鼓励该青葱的青葱，该怒放的怒放；另一方面，它也总是以仁厚和幽默之心同样热情地鼓励着那些该凋谢的凋谢，该零落的零落。就是对那些该飘落而不飘落，一直"赖"在树枝上的零星的黄葛树叶，它也总是春风满面地耐心等待和迎候着。也许，在它宏博的视野和宽广的心胸里，消沉即是奋起，凋零也是生长，今天的徐徐谢幕也就是明天的冉冉登场，生长中的所有光怪陆离的现象都毫不违和，都自然融合，都会成为姹紫嫣红中的一抹色彩，成为生机盎然中的蓬勃力量，成为春天故事里的鲜活小曲和生动细节。

　　大气才能包容，自信才有幽默。有格局和境界的幽默就是启人心智的哲学，对修身、齐家、治国、平天下都同样适用。仲春时节，作为美好的情感和心灵的智慧，春风中开出的幽默之花完全契合我关于这个春天的所有想象。

　　沐浴着春风，在仲春温暖博大的怀抱里，我想唱一首温暖中带着微凉的歌。

仲春

毫无违和
你只管方向
任亲爱的去猜想
任万物野蛮生长
该萌芽的萌芽
该怒放的怒放
旷野的风流泻着柔情蜜意
甜美和鲜花
绚丽成五彩缤纷的海洋
还有谁会是孤苦伶仃的呢

连石漠深处都有小草在吟唱
当然
大地也听见了他的歌声
沧桑里存有稚气
深沉中略带忧伤
就像三月的太阳
回暖却不是夏日的劲爽
就像今夜的月光
明媚又弥散着宋词的微凉
在你的怀中
在我的心上
荡漾　荡漾　荡漾
向着夏收麦香的方向

不知所起

一往情深

"神来之笔"的奇妙

有的城市有山缺水,有的城市有水缺山,不是让人感觉到有点单调,就是让人感觉到有点枯燥。

重庆呢?有山有水,大山大水,江峡相拥,山环水绕。得天独厚的禀赋优势,没办法,那是造物主的钟情与厚爱,而勤劳智慧、坚韧乐达的重庆人在这片神奇的山水间的创新创造创业,铸就了她作为国家中心城市的雄伟和奇妙。

仅从狭义的地面交通来看,这里逢山开路,隧道在道路交通中的占比之高全球罕见;这里遇水架桥,世界"桥都"的美誉声名远播;这里两江汇流,越过百舸争流随时可见孤帆远影碧空尽的辽远壮阔;这里轻轨曼妙,穿楼而过,穿云破雾,给人魔幻现实主义的心灵震撼。而在我的眼里,这座城市给人视觉冲击力更大,激发想象力更劲爆的,是长江和嘉陵江上往来穿梭的索道缆车。

重庆主城区联结沟通两江四岸的有路、有桥、有船、有隧道,何以还需要用索道缆车交通的方式于空中开辟一条横空出世般的"天路"呢?这不是有一些"舍易求难""脱实向虚"哟？可认真地想一想，我不得不钦佩城市建设者们非凡的创意和罕见的才华。

这座上苍青睐的站立着的山水之城，一直希望深爱着她的人更深刻地读懂她。于是，敢为人先的重庆人面向蓝天碧水便选择了凌空飞翔，创造性地置索道缆车于两江之上，于城市之上，携手天下宾朋背负青天朝下看，作一番独一无二的逍遥游。

习习江风，朵朵云彩，于独特的交通载体上俯瞰这座城市的雄伟壮美和神奇灵秀，体味这座城市的磊落襟怀和宽厚博大，相信没有朋友不会留下深刻美好的印象，因为我们的身体和灵魂那一刻都紧贴着凌空索道这片"诗意江湖"，于山城江城不夜城的空中自由飞翔！

一曲逍遥游，天堑变通途。别人想得到的自己才能够想到，别人做得到的自己才能够做到，哪还会有创新的理念和思路呢？哪还会有天堑变通途呢？哪还会有城市建设城市景观的个性魅力呢？往返穿梭间，重庆索道交通破除了老调和俗套，千城一面的城市风貌为之一改，在令人眼前一亮、耳目一新的感受中，人们领悟着创新是这座城市高质量发展的灵魂和不竭动力。

创新者进，创新者强，创新者胜。一个城市是这样，我们每一个人也应该是这样。

胸怀祖国，放眼世界，在为国为民为中华的接续奋斗中，属于我们自己人生的"上帝视角"和"神来之笔"在哪里呢？

飞翔

江峡相拥地设
山环水绕天造
大桥沉雄
舟楫灵巧
隧道神奇
轻轨曼妙
唯有你选择飞翔
俯瞰山水之城
天地间
逍遥

想得到才想到
老调
做得到才做到
俗套
千城一面的世界
你凌空豪横
一首诗便有了
一首诗的
味道

点亮开往春天列车的美人梅

是谁点亮了作为山城、江城、不夜城的重庆之春？

最早最香应数腊梅和山茶，而最美最媚最有气势应数美人梅了。

每年过完元宵，只需三两个晴日，美人梅，这个引进自法兰西的尤物，便会在属于春天的成千上万种奇葩佳卉中脱颖而出，先声夺人。

美人梅先花后叶，花开呈浅淡紫色，花态近似蝶形，花瓣层层疏叠，瓣边花心常有碎瓣，婆娑多姿间随时起舞，浓而不艳，淡而有香，而且一树花开通常都是多达数百朵的繁茂，花期还可长达三个月左右，动感、美感、喜庆感十足，桃红李白难望其项背。

每当这个时节，我总会来到重庆母城海拔最高的鹅岭公园至佛图关一带，这里是二战期间蒋介石夫妇避暑纳凉和躲避日机轰炸的地方，是20世纪50年代初西南局时期邓小平、刘伯承等首长的办公地，也是今天人们观赏美人梅的上佳去处。

长江嘉陵江环抱的这一段山脊格外峻峭高朗，我视之为重庆母城的脊梁。站在这高处"打望"，近处的路旁、桥边、溪畔，稍远处的坎上、坡间、崖顶，以及更远处若隐若现的两江四岸，目力所及，到处都是美人梅在尽情绽放，花团锦簇，若烟似霞，由近及远铺向云水相接的天际。

而就在鹅岭公园佛图关北端，面向嘉陵江一侧的山腰间，轻轨列车翩若惊鸿，宛如游龙，于公园森林、碧绿江水和摩天楼宇间往返穿梭，日日夜夜簇拥着列车迎来送往的"铁粉"，就是妩媚绚丽、低调轻奢的美人梅花海了。在这里，美人梅成了万物复苏的象征和春天的化身，于是，国内外的人们都知道了，重庆每年的早春，都有比其他地方更早的开往春天的列车。

很喜爱美人梅的秉性和气质。不管土壤有多贫瘠，气候有多潮冷，它都能迅速适应，落地生根，快速成长。它知道自己不可能长成参天大树做栋梁之材，便只是一心一意默默积蓄着尽可能多的营养，孜孜以求存储着一点一滴的能量，而当这个世界由冬转春尚在磨合色彩寡淡、抑郁沉闷之际，它便把自己一切的美丽和美丽的一切毫无保留地奉献给了这个世界。因为它的绽放，列车也从此开进了春天。

美人梅不是伟人毛泽东笔下悬崖百丈冰中的梅花，它是冬与春交替时尴尬过渡期的自己。它无"偏饭"可吃，普普通通、平平常常，树下的土壤也是巴蜀大地常见的微酸性黏壤土。它自始至终坚守着正常，一天天，一步步持之以恒地累积着正常，稳中求进走向未来。它坚信做到正常就能做最好的自己，做最好的自己就能为世界展示最有棱角的个性，世界也会因自己的个性而更加五彩缤纷。世界给了它机会，它亦没有辜负世界，以个性的光辉惊艳一段春光。

它不在开往春天的列车上，它只是簇拥和陪伴在开往春天的列车身旁，不慌不忙，坦坦荡荡，年年岁岁为开往春天的列车和踏春的人们吐露淡淡芬芳。

这样真好，不然它就不会是我心目中的美人梅了。

半山崖线上的美人梅

桃花未红李花未白菜花未黄
少花的时节你骤然绽放
嘉陵江畔关岳庙前佛图关上
缀满密密匝匝的暖阳
层层叠叠的欢畅
半山崖线
母城脊梁
点燃超级网红的喜乐海洋
开往春天的列车从这里出发
一路播洒英雄之城的芬芳

而你不疾不徐不慌不忙
默默无闻

弥漫妩媚绚丽淡淡清香
忍不住贴近你
捧一把泥土仔细端详
普普通通
平平常常
掂不出更重或更轻的分量
哦，就该是这样
步步为营累积正常
做最好的自己
注定会惊艳一段春光

看山望水起乡愁

无论是打仗的，经商的，办厂的，还是当官的，做学问的，写文章的，我都极佩服那些有撒豆成兵、点石成金和化腐朽为神奇本领的高人。

一家国家级媒体驻某省的负责人发来一个搞笑视频，看得我乐不可支，大笑不止，情不自禁地在心里赞了一声："人才啊！"

一处脱贫攻坚后农民弃置不用的农村老屋，随着镜头的推拉摇移，被一位"言子"大师活生生忽悠成了成功人士的"巅峰奢华豪宅"：参差不齐的几棵杂树下，一条羊肠小道通向低矮破败的屋檐和阴沟，被形容为成功人士坐拥临水美景，尽享贵族之尊的"风水庭院"和稀世罕见的"私家丛林、养生秘境"。

1978 年改革开放后几近绝迹，此前农村老宅才可能见到的锈迹斑斑的门闩插销，被一只手"叭"地一下拉开，被煞有介事地誉为高端时尚的"一键滑动解锁"；荒芜的菜地，摇摇欲坠的老屋，屋梁上胡乱挂着的陈旧不堪的蓑衣和斗笠，被美化为"全生态沃土风华百里""每一处细节都经过百般打磨""垂吊似顶棚设计随时让您感受时代的气息"；散了骨架只剩边框的腐朽窗户，窗外晃动着几只麻雀，被浪漫成了"纯镂空门窗让您和这个鸟语花香的世界畅通无阻"；一张破床，还有面目全非的书桌，书桌没了拉手的抽屉由一只手慢慢拉开又缓缓合上，被夸张为"全套家具精工匠造，隐藏式保险柜为您守住财富和秘密"；四壁透风、门已垮塌的厨房，老虎灶里湿柴浓烟，灶孔前挂着几块黑乎乎的腊肉，被描述成了"开放式厨房油烟无处可藏，零耗电照明技术为您点亮成功之路"。

末了，一位表情愚钝、目光呆滞，笑起来比哭还难看的老妪出镜，僵硬着像被逼迫着勉强地举起脏兮兮的手，空洞地挥了两下又急忙尴尬地放下，被升华成了"七星级管家为您竭诚服务"……

真是口吐珠玑，舌灿莲花啊！忽悠，忽悠，为了点击率和商业利益似乎什么都不管不顾啦。

有这样简单吗？我静了静心，转念一想，这制作人会不会还有其他想法要表达呢？

比如，他是不是在担心解决绝对贫困后，过去所谓"老少边穷"地区会不会有农家可能因病因灾返贫呢？有农村生活和农村工作经验的人都知道，再大的丰收之年都可能有缺粮之家啊。

比如，他表面上的夸张和幽默，是不是在善意提醒我们客观存在着的巨大的城乡差距贫富差距，是不是在启发我们在实施乡村振兴战略中要更加重视缩小差距,推动共同富裕呢?

　　我没有同发来视频的那位仁兄讨论,也无从知晓视频制作人的真实动机和目的,但看过笑过之后,我想起了"农为邦本,本固邦宁"的老话,禁不住心底生出感慨:我们这些城里人,只需上数三代,有几家不是农村人或者不是与农村人有着千丝万缕至亲至近血缘关系的人呢?

　　那山那水是我们来时的路啊,走出再远我们能够忘记吗?

　　闻瀑听泉思亲苦,望山看水起乡愁。乡情是树,是根,我们是这棵根深叶茂、好大一棵树上的片片绿叶。绿叶怎么可以忘记树的情和根的恩呢?

　　快过年啦,盼望春归,盼望故园乡村振兴,盼望那里的山水林田湖草沙与中华大地一样美丽!

春

隔着疫情的寒冷
我已听见她的足音
穿越泥泞
跨过枯井
离我们越来越近
坚定沉稳浓情

却又悄然无声
我僵硬的灵魂
已生出朵朵温润
渴盼之心
涌流起
叮叮咚咚的纯净

新冠疫情中家乡的月亮

2021年1月22日，参加市里会议。因新冠病毒影响，会议史无前例地采取全封闭方式进行，五天会议期间，非必要不得请假，以确保全体与会人员的健康安全。

世界本来好好的，一切都是那么的生机勃勃、欣欣向荣。几天前，看电视新闻，嫦娥五号卫星从海南文昌航天基地发射成功，它要实现我国首次月球采样、首次月球升空、首次在38万公里深空进行交接（后来也都完美地一一实现了）。同一天的新闻还说，我们国家的深海勇士号第三百次深潜，下一步下潜的深度会突破一万米，那可真正是应验了诗人毛泽东"可上九天揽月，可下五洋捉鳖"的伟大预言呢。

可完全出乎预料的是，新冠疫情的突如其来，一下子打乱了人类进入21世纪第三个十年的发展进程和一切预期，打乱了人们的日常工作和生活的方式和节奏；又出乎意料的是，一股保护主义、单边主义、民粹主义思潮及其掀起的逆全球化浪潮，给我们稳中求进高质量发展的国家外部环境和整个世界发展带来了更大的不确定性。

罕见的新型病毒，变中生变，变上加变，世界动荡变革，每一个国家在大变局中经受着挑战和考验，每一个人也都将经受进一步的大大小小的考验。比如，在中国与美国比较形成强烈反差，中国顶住美国恶意攻击成为举世公认抗击疫情"优等生"的背景下，为降低病毒传染的不确定性，政府提倡就地过年，那么，我今年春节还回不回去呢？

　　人这一辈子，真还不可能太容易的。个人的体会是，除开幼儿园以前好混一点，从幼儿园起的漫长日子就都不太好混了，那以后每个人都会在竞争中经历成百上千次的人生小试和大考，小考和大考几乎会伴随我们每个人终身。

　　这时，家乡的一位"父母官"F先生转来了央视乡愁系列片之《秀山古城》，并说感谢我为家乡的贡献。我立马看了专题片，感到很温暖。确实，片中展示的菜市场买卖双方交易"不找零"等欢喜场景和语言，同我之前写的散文《秀山西街》中的描述可谓是君子所见略同。

　　我给F先生发去微信说：专题片有品质，很好！特别高兴的是，当年我想表达的家乡美的理念和内容，在专题片里进行了更从容的拓展和深化。谢谢北京和县里的相关领导和专业人士，建议制成低成本的精美乡土文旅小礼品，在更大的范围向更多的人宣介秀山，这属于招商引资，把握得当，想来是不会违背中央八项规定精神的。

　　F先生说：好主意，谢谢！

　　余兴未消，我翻出三年前和F先生一起陪同回秀山寻根的著名美术理论家、画家W先生托腮沉思的近照发给了他，附言称这是我所认识的秀山籍知识分子中气质高贵、最有风度的先生。

　　W 先生长得很帅，用秀山话来形容，他长得"很洋气"，一米九一的高大个，多才多艺，沉稳俊朗，颇有国际范儿。W 先生以前从未到过秀山，只因他的爷爷当年说过自己是"一把油纸伞"出秀山闯天下成就了家族辉煌，他从小便对"爷爷的故乡"充满了尊敬和向往。这种美好的情愫，我感到真正是很秀山，很重庆，很中国，也一直感染和鼓舞着我。

　　家乡和故园之美，在中国人心里的分量是格外地重，是精神和信仰，是一个人灵魂深处的乌托邦。

　　这时，一位德高望重的老领导 X 先生从北京发来了一张图片，童趣天然的两个小和尚并排依偎，左边的小和尚用右手捂嘴笑着，右边的小和尚侧着身子用左手贴着左边小和尚的耳根说着悄悄话。两个小和尚为他们所交流的信息乐不可支，那隔绝尘世般的纯净笑脸生动鲜活，直抵人心。图配文字是：早安，告诉你，人多的地方少去，平安是福。

　　寓意颇深哟，平安是福。

　　看来，为了自己，也为了他人，我这个在外漂泊了三十年的游子今年也只能"就地卧倒"喜迎新春啦。

　　那就写一首诗吧，权当是自己移风易俗向亲朋好友们送上一份不成敬意的小礼——拜年啦！

腊月初十的月亮

明镜般的月亮
照见亲爱的家乡
春节回不去了
用它看家乡模样

糍粑般的月亮
浓浓的故土温香
春节回不去了
将它慰百结愁肠

酒碗般的月亮
盛满了家的念想
春节回不去了
独饮这醇厚的芬芳

我月亮般的乡愁
我乡愁般的月亮
春节不回去了
这庚子岁的年味哟
恰似今夜的月光

渝中半岛恋爱城

某日傍晚，在临江某小店吃火锅时，京城从事法律工作的好友 X 先生讲了一句很感性的话：渝中半岛，是一座"很适合谈恋爱的美妙城市"。

哎，这个观点新鲜！

近几年来，为着高品质生活，我们这个以工业城市为底色，一直步履匆匆向未来的国家中心城市也更多地拥有了"慢城"的从容和大气。这个时候再静下心来打量，渝中半岛确实是禀赋优越、热情开放而又温暖包容的美丽之地，也确实担得起"很适合谈恋爱的美妙城市"的赞誉。

我们见过倚山而建、因水而兴的城市，可我们没有见过如此大山大水、山环水绕、雄奇灵秀的城市；我们见过轨道交通纵横交错、四通八达的城市，可我们没有见过轨道列车飞檐走壁、上天入地的城市；我们见过凌空俯瞰林立高楼和江河大地的城市，可我们没有见过索道穿梭两江四岸，腾云驾雾临空悠游的城市。

世所罕见的奇异景致，一年四季花香四溢的潮润空气，孕育了她"道是无晴却有晴"的天生丽质，氤氲出完美爱情不可或缺的朦胧、惊喜、梦幻、温馨、浪漫等美好情愫，渝中半岛理所当然地弥散着令人回味无穷的曼妙。

当然，她有时也会变化莫测，但真挚的爱始终如黄葛树般坚贞，如川茶花般鲜艳，从来不曾改变；她有时奇特梦幻，恋情在这里可能会峰回路转，就像轻轨列车穿云破雾让人看得眼花缭乱，但最终一定会平安到站；她率真随意魔性动感，但不管有多少未知的神秘和憧憬，她一定会永葆这座城市主人们的善良和温暖。

好友Y医生给我讲了一个真实的故事。一位她认识的在北京大学医学院读完本科、硕士、博士的帅哥来渝休假，有一天去"三步一个林青霞，五步一个张曼玉"的解放碑步行街打望，邂逅了他称为"惊为天人"的一位重庆美眉，中了丘比特之箭的帅哥果敢发起进攻，可假期殆尽却收效甚微。近日，帅哥做了个感人的决定：不回北京，扎根渝中，今生今世，渝中半岛就是那个对的城，那个女孩就是那个对的人。

来吧，朋友！如果你尚未有所属，请抓紧来这里恋爱，也许茫茫人海里一个不经意的眼神，车水马龙中一个匆匆掠过的背影，都可能触动你心灵的最柔软处，你也会爱上这里的一个人，也会爱上这座美丽的城。

来吧，朋友！如果你正在恋爱，请带上你的另一半抓紧到这里来，渝中山水，灵性之地，山会护着你，水会佑着你，你的所爱一定爱你，渝中半岛之爱一定会助你有情人终成眷属。

这里谈恋爱的好去处可是多得很呢！如果你喜欢悠闲

恬静，就去湖广会馆，去中山四路，去枇杷山后街，或者去二战时期风云人物们当年"偷得浮生半日闲"放空发呆的鹅岭公园；如果你喜欢典雅时尚，就去解放碑，去大礼堂，去新天地，或者去"从你的全世界路过"的印制二厂；如果你喜欢浪漫随性，就去凌空索道，去两江游轮，去来福士空中连廊或者去十八梯西头"天上人间、人间天上"的山城巷……或图书馆或话剧院，或咖啡馆或电影城，或火锅城或大排档，总之，你可随心所欲寻一处自在，美景美食足够你想入非非，而你接下来的故事将使这座城市更加温润暖爽，这座城市的阳光和花香会使你的爱情永久保鲜、永远芬芳。

"春日迟迟，卉木萋萋。"徜徉在渝中半岛，甜蜜的时光，奇妙的感觉，蓬勃的生机，幸福的憧憬，以及这座城市对你的最诚挚的祝福，都在这里，在这里一天天生长，一天天曼妙，一天天美好，如你所期待的样子。

来吧，朋友！璀璨的山城夜景，是渝中半岛为天下有情人点亮的灯。

重庆火锅

"棒棒军"在朝天门码头写下的传奇
到如今是插遍世界麻辣鲜香的旗帜
　　激荡沸腾
　　永无停歇

殷红的血液
奔涌的情绪
滚烫炽烈的理性和心智
彰显站立着的城市最本真的特质

性格是大丈夫的耿介
一就是一
实事求是
讨厌阴阳不定
恶心扭扭捏捏
世界给你最草根的食材
你还世界最鲜美的至味

抱负是大江东去的格局
无论南北
不分菜系
一锅尽煮世界
天下汇聚锅里
你唯一的祈愿和目的
是人们开开心心大快朵颐

胆识是深谙世上的奥秘
不自欺欺人
不凌空蹈虚

不说破美食天地的华而不实
你最磊落的胸襟和最包容的大气
是美美与共做最好的自己

爱情是感天动地的忠贞不渝
曾经沧海的水
除却巫山的云
理想主义和英雄情结
都在这里
每一次都轰轰烈烈
每一次都所剩无几
每一次兜兜转转又回到长江嘉陵江的怀抱
每一次满血复活又重返梦幻神奇的锅底
一次又一次
一次又一次
演绎深刻的哲理
和深永长情的诗意

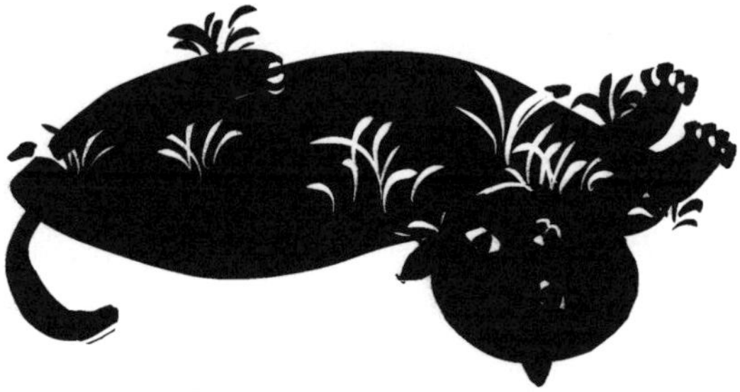

北戴河春雪

2021年农历纪年是金牛之年，喜庆和奋进的意味浓郁。我与几位同事于2月28日夜在当地人都认为罕见的纷纷瑞雪中抵达北戴河接受培训。

3月1日放晴转暖，阳光很亮，天空很蓝，校园内银装素裹，白雪光芒细碎耀眼，渤海风来，依附在树枝上的雪花仿佛春风中巴山渝水间的桃李花瓣般无声飘落，而稍远处几棵高大乔木上挂有几个鸟窝，鸟儿叽叽喳喳地叫着，仿佛在为雪后初霁的温暖歌唱。

在如此美妙的天气里来参加业务培训，感到格外高兴和振奋。

世界正面临百年未有之大变局，"东升西降"是大变局最突出的特点和趋势，而新冠疫情大考中，我们国家同有些西方国家执政党领导力和制度作用力的优劣反差，更是加速了趋势的演进。美国霸权面对中华之崛起充满焦虑，不择手段进行全方位遏制打压，企图中断和破坏中华民族伟大复兴的进程。我们国家和美利坚正进行着一场史无前例的战略博弈，这是社会制度、发展模式、意识形态、价值理念等各方面的长期竞争，将比历史上任何一次大国竞争都更加尖锐复杂。我们党恰百年风华正茂，时与势在我们一边。自己很有必要增强判断力看清楚，增强领悟力想明白，增强执行力干到位，成为一个有本事在法定职责范围内勇于担当的人，不负韶华不愧心，千方百计跟上大时代前进的步伐。

让我感到振奋的还有一件事，那就是近几天来良师益友们对我的新书《灵魂之趣：心灵与大千世界的对话》的鼓励和鞭策。

八旬长者G先生说：你的《灵魂之趣：心灵与大千世界的对话》共由111首诗作成册，"每周一歌"，也要777天，实属不易。吕进同志的序言写得很好，美丽乡愁、似水流年、"抗疫"忏志、地久天长、半岛沉思，5个板块融通亲情、友情、乡情、同学情、家国情"五情"，酿成生趣、意趣、情趣、乐趣、心灵之趣"五趣"，衷心感谢你的赠书，容细读后再作交流。

我赶快回复：未经请示同意，多处把您老先生对我的关心帮助也写进了书里，比如某页的某事等等，若有不当，还请海涵，真诚感谢您多年来对我的亲切勉励。

好友Y先生则不带脏字地幽我一默：学习是件愉悦的事，亦如识字之人读到刚兄美妙的诗句，更甚的是诗人将那如诗如画的胜景映照在纸端的境界。原来诗就是这样的哦，我由衷地感佩那些深邃、练达、舒展和情致，读多了这位仁兄的诗，有时甚至会得意地觉得自己诗人的气质仿佛在生长，即使洗了个冷水脸也不认为自己那种觉得是见笑的，因为我没说，刚兄就不知道。

对这种亲切友好的调侃该如何回应呢？与他多次交手，我落下风啊。

想了想后，我回：一定好好工作，期待多多帮助。并附了一个表情，一个可爱的小和尚，手执斗笠置于双膝前，仰望远方的天空，一脸虔诚地憧憬着。

好友没再回复，想来看后在无声微笑。

中学同学Y女士说：合上末页，闭目沉思，感慨良多。一是你数十年如一日，初心不改，其志亦坚，勤耕不辍；二是你的一颗诗人心灵与大千世界的有趣对话，让我也陡生好奇心，要在字里行间一探你的心灵轨迹；三是你"小我"的真挚细腻和"大我"的家国情怀，无一不洋溢出杠杠的正能量。向你学习，希望尽快看见你的下一本新书！

我回：谢谢你的鼓励，争取再写一本，然后就跟着你们学打麻将。

她说：愿你此生只归文海，来世再入俗学打麻将！

一个L姓小字辈说：这本书中"王老汉看大字报"等乡野歇后语是真的吗？它让我们这些秀山本土后生都笑到不能自已。另外，书中的每一首诗都有对应的札记，让人可以了解作者写作的心路历程和诗背后的故事，这很有意思。

小字辈T姑娘说："每个周末都在期待看到你的诗。"

同时，她发来了几张读书时的截图，说她"看哭了"，附的是第7页《珠穆朗玛峰》讲人与山关系的一段文字；说她"又看笑了",附的是第 10 页《北斗星》中"别了 / 司徒雷登 /GPS/ 祝你好运"的一段文字;她还为《天问》配图,是 2021 年 3 月 3 日我国发布的火星表面图。

而文艺素养颇高的高级工程师 N 女士发来一段话:当年,以为 2000 年很遥远,如今,2000 年过去 20 年了;曾经以为 2020 年会很遥远,当下发现已经到了 2021 年了;曾经以为老去也是很遥远的事,现在觉得年轻是很久以前的事了。时光太不经用,现在半生已过。不要说来日方长,余生难能可贵。珍惜现在,保重身体,乐乐呵呵过好每一天。

乍看有点低沉感伤,细辨说透流年和人生的本相。新陈代谢,吐故纳新是自然界的铁律。北戴河的一场春雪可以理解为瑞雪兆丰年,N 女士的清醒认知也可视为一代人在人生壮年时节的一场瑞雪,理性的清醒有利于我们从容、切实地走好今后的每一步,让生命之树更加根深叶茂。

长城内外大地正在回暖,大江南北万物即将复苏。人勤春早,来吧,朋友,让我们一起为春雪和春天歌唱。

春雪

该下雨的时节
骤然飘落鹅毛大雪
想看懂这奇异
想猜透其中的秘密

可徒劳无功
倦意沉沉　睡去
梦里
红日白雪蓝天如洗
渤海风来
晴空中翩跹
万万千千只玉蝶
像极了巴山蜀水李花雨
像极了秦皇岛外烟柳绿

当南风轻轻地拂过稻浪

2021年5月22日,"共和国勋章"获得者、享誉海内外的中国杂交水稻事业的开创者和领导者、"杂交水稻之父"袁隆平先生逝世。

同事Z女士、W先生等好友对我说,袁隆平对我们国家做到把饭碗牢牢端在自己手里可谓"居功至伟",建议我写一首诗深情致敬和纪念这位杰出的农业科学家。

我也有这样的想法,想写一首诗来表达对袁隆平先生的追思和感恩。

袁隆平先生的小学、中学的大多时光和大学四年的农学专业都是在重庆(原西南农学院,现西南大学)接受的教育。1976年起全国各地大力推广种植杂交水稻,家父当时在原四川省秀山县的农口系统工作,我便得以在少儿时期便有缘知道袁隆平的鼎鼎大名,后来,秀山因推广效果好及其他方面的优势成为首批"全国商品粮基地县"之一;在我的出生地海南,他的团队发现了他亲自命名的那株雄性不育野生稻"野败",从此,"一粒种子改变世界",水稻育种史掀开了新的篇章，进而成功培育出三系杂交水稻，迎来了中国和世界杂交水稻事业的突破性发展。

"民以食为天"。袁隆平先生最大的贡献，就是他的发现和创造性劳动对于中国和世界解决吃饭问题立下了不可磨灭的功绩。20世纪50年代起，研究杂交水稻的国家不少，美国的起步就早于中国几十年，可取得成功的却是袁隆平团队，现在美国也大量种植杂交水稻，但每年需向中国交一笔专利费。

中国本来就是水稻的原产国，早在公元前一万两千多年前今天的湖南一带就已开始成规模地种植水稻，袁隆平杂交稻奇迹的出现应是我国源远流长的农耕文化传承的必然，应该看成是一种"回归"，更可认定是经历上万年积淀后中国水稻生产的"凤凰涅槃"。

目前，全球有1.5万公顷稻田，如果其中有一半种植杂交水稻，以每公顷增产2吨计，能增产1.5万吨粮食，可多养活5亿人。有道是"救人一命，胜造七级浮屠"，袁隆平团队从事的是多么功德无量的大好事啊！

人们都说袁隆平先生有两个梦，一个是禾下乘凉梦，这是他对高产的理想追求——水稻将长得有高粱那么高，籽粒饱满有花生米那么大，他和他的团队能够坐在禾下乘凉。另一个梦是杂交水稻覆盖全球的梦。在国家力量的保障下，他的梦想正在稻田和盐碱滩涂甚至戈壁沙漠中有力有序有效地推进。至2021年，种植杂交水稻的国家和地区已有六十多个，国外的杂交水稻种植面积约七百万公顷，无数人解决了吃饱饭的问题。目前，我们国家正在马达加斯加"办样板田"，目标是2030年基本解决非洲粮食安全问题。契合着人类命运共同体理念，袁隆平先生是有天下情怀的人。

历史通常是这样，越是想被人们记住的人往往越容易被人们遗忘，越是淡泊名利、无私奉献的人越会被人们世世代代牢记心上。

当南风轻轻拂过稻浪，人们得以看清国之脊梁守望的地方，而他的心始终在最高处，他的根始终在田中央，他天下情怀的格局和他史诗般的宏伟事业便朴实无华地铺展开去，于是，袁隆平星——一颗伟大的种子，正蝶变为一座座充满希望的天下粮仓。

当南风轻轻拂过稻浪

当南风轻轻拂过稻浪
在他守望的地方
雄性不育的"野败"
一万年涅槃的凤凰
"谁来养活中国？"
一介农夫智创
中国，水稻的原乡
饭碗，从此稳稳地
端在自己的手上

当南风轻轻拂过稻浪
在他守望的地方
五大洲以及四大洋
8000万公顷稻花绽放
8000万黎庶纵情歌唱
只为致敬和感恩
东方稻神的博大善良

当南风轻轻拂过稻浪
在他守望的地方
心在最高处
根在田中央
天下情怀一粒种
稻粱嘉穗泽万邦
禾下乘凉
90亿亩的金灿灿诗行
谱写圣农纪元的华彩乐章

当南风轻轻拂过稻浪
在他守望的地方
良田在沙漠中蓬勃生长
禾苗靠海水滋养灌浆
顺着袁隆平星远去的方向

先生光脚踩过田埂
星海平畴蛙声清亮
天上人间
人间天上
炊烟袅袅升起
白米饭好香好香

川河盖上思归亭

中国边城在哪里?

据我所知,它不在湖南凤凰,而在重庆秀山。

湘西凤凰是著名小说《边城》作者沈从文的故乡,地处渝湘黔三省市边区的秀山,历为中国内陆腹心边城,"一脚踏三省"的洪安是边城的"桥头堡",亦是小说《边城》的重要原型地。

边城秀山自然禀赋得天独厚。2463平方公里县域内,平原、浅丘和中低山地各占三分之一,境内沃野平畴,山川秀美,物产丰富,又名"小成都",经济体量领先渝东南各区县,在渝鄂湘黔四省市边区七十多个市区县中名列前茅,高质量发展势头日显强劲。近年来,但凡休假,我大多首选踏上回故乡之路,即时体验家乡"边城不边"的各种美好,身体格外放松,心灵格外舒展。

边城很美,尤其是小说中清纯可爱、情窦初开的翠翠的外公老屋背后的川河盖。

所谓盖是当地方言,意即高山上的平川。川河盖是造物主在渝湘接壤处的神来之笔：一块56平方公里（秀山和湘西各占一半）体量的高山台地拔地而起，成就了闻名遐迩的高山生态景区"中国桌山"。秀山一侧，桌山高居云端之上，周边是千米左右的悬崖峭壁，有空中索道和南北方向各一条"天路"与盖外世界连接。盖脚村寨旖旎，清溪明亮，暗河诡秘，黑洞河峡谷漂流有惊无险，酣畅淋漓；盖腰茂林修竹，植被葳蕤，万亩茶园果园环山绕谷，苍翠如画；盖顶视域辽阔，一马平川，林丰草美，花开遍野，片片湖泊映照着天上千变万化的云霞，清新朴野的"百草香"散发着"西部之最"的高负氧离子，让经多见广最挑剔的游客也禁不住心醉神迷，自觉不自觉地多做若干次深呼吸。

初夏的一个周末，逮住机会我再上川河盖。成都的J先生与我同行，带着一家人不远千里前来他们闻所未闻的川河盖，当天晚上一家老少就异口同声地感慨说"没有想到这么好"。他那刚刚从英国留学回国搞旅游管理的儿子也兴奋地说，英格兰高地是欧罗巴最美的了，川河盖之美堪比英格兰高地，而且这里的静谧不像英格兰高地让人感到孤单和阴郁。

初来乍到，帅哥的感言应是发自肺腑吧。而我这次重回川河盖，心中的最爱仍然是开车闲逛和看云发呆。

盖上地势平阔，没有一望无际的原始森林，也没有那些有名无实的大草原半荒漠化的沉闷和枯寂。苍穹之下，是舒缓起伏铺向天边的草海花海。偶尔可见平缓浑圆呈馒头状的小丘坡，起伏不大，更没有锋利和突兀，它们四平八稳地散落在草海花海的寂静中。旅游公路就在这样的背景下斗折蛇行，自由延伸向云天相接的远方。

在这样的路上驾车悠游，会是怎样的体验和感受呢？说不清，道不明，只觉得特别亲切，特别友好，而且会想到北京冬奥会上那位日本名将羽生结弦的花样滑冰，宛如游龙，翩若惊鸿，行云流水，浑然天成，令人沉醉。天地空明，我独舞其间，诗歌的节奏，音乐的旋律，一时都尽在自驾的美好感受中。

看云发呆，最好的去处是思归亭了。从梳子山临崖观景平台的步道西行，沿着绝壁间山脊上窄窄的石径，先下再上，前行约两百米，即抵达"一柱擎天"峰顶上的思归亭。

它的前方和左右两侧是百丈悬崖，正面郁郁葱葱、劲秀美妙的群山酷似盛开的美丽荷莲。立于亭内，目力所及，满眼锦绣，朝霞和暮云是这里最绚烂的标配，山风和流岚是这里永不停歇的歌吟，山野的百草香笼罩着这里的安宁，幽幽的恬适，纯纯的可亲，数数天上的云朵，听听自己的脉动，隔断尘嚣的自在心，超凡脱俗的高级感，让人因大自然的美好而感动莫名。

"人山两不厌，最是莲花山。"思归亭处，一个早晨，两个傍晚，我把时间慷慨赠予了品茶听曲和放空发呆，而临别之际，川河盖的朝霞暮霭和漫天星光回赠我一首乡愁浓浓的小诗。

大自然真美妙，我的家乡好温暖。

思归亭

闲坐凉亭
已经是第三个半天了
醉心风景
不闻人声

拂子茅长势旺盛
淡紫色的小穗优雅清纯
它们就要越过美人靠
就要簇拥着覆盖独处的人

最有意思的
是那几朵灵性的蒲公英
轻轻飞来
欲飘落我的头顶
这片贫瘠能给你们什么呢
偏头躲过
它们把花粉
传授给了亭外的流云

小溪时现时隐
在杏林和草甸间静静穿行

三个半天的光阴
形貌无痕
叮咚有声
分不清是模糊的记忆
还是朦胧的憧憬

当晚霞消逝的时候
十里草海落下满天繁星
风过我心
簌簌天籁
今夜
会生出怎样的梦境

无名湖畔诗意浓

卢梭有一句名言：人是生而自由的，但却无往不在枷锁中。这周写小诗，我就因"枷锁"的掣肘，不得不为了"自由"而作出让步和妥协。

这个周末的小诗写的是《无名湖听雨》：

> 雨点在湖面开出晶亮的水花
> 迷离成薄薄的白烟轻纱
> 湖水却依然翡翠般深绿
> 似乎不懂那表面的空蒙喧哗
> 想改变吗
> 实力说话
> 雨还会下多久
> 雨还会有多大

这首小诗写得有点没头没尾的感觉，吃不太准呢，我便在第一时间先发给了两位老友，请其帮忙把关。

朋友甲很快回复了，他毫不客气地说：不妥，诗没几句，但指向性、针对性甚至是挑衅性较强，好像有人际关系冲突隐含在里面似的，最近你老兄的周边环境有点剑拔弩张是不是哟？后面那四句，怕有人对号入座惹麻烦哈。

朋友乙是我们戏称为"半个职业革命家"的高人，他在电话中对我直言不讳：感觉得到你小子心气不和有怨言，都这把年纪了，还在逞口舌之快，这是"严重的思想不成熟"的表现。如果真有什么不愉快，那最好的方法就是自我消化矛盾，自我调整好状态，有的事情就是要保持那些个薄薄的轻纱和表面的空蒙喧哗，一眼看穿，一句说破那就太简单太粗暴了，应该为良好人际关系的"含蓄美"留一点面子嘛。

两位老兄都在说些啥子哟？有这么严重吗？我的工作领导关心，同事配合，没有感觉到工作环境或上下左右有什么不和谐不顺当啊，我的朋友圈内也没发现那样鸡肠小肚的人呢！我有委屈感，不断解释和争辩着。

可这两位老兄都是自以为是的大爷，坚持说这首诗就是要不得，要么这个周末你就不发了，要发就必须改，改好了再发出去。

我觉得有点儿怪怪的滑稽感——到底是他们写诗还是我写诗呢？但转念一想，既然请人家把关，就应该最充分地尊重人家，当然，不写显然通不过的，另外几位朋友今天一早在微信道早安时就在催促这周末的小诗了，看来，我最佳的出路就是认真修改小诗啦。

两个小时后，受我表弟当天从现场传来的文昌航天发射基地天舟二号飞船成功发射视频的启发，形成了修改后的诗作：

>   无名湖畔
>   雨点在湖面开出晶亮的小花
>   迷离成薄薄的白烟轻纱
>   湖水却依然翡翠般深绿
>   似乎不懂表面的空蒙喧哗
>   雨还会下吗
>   还会下多久多大
>   祈盼着今夜放晴
>   越过天舟二号的轨迹
>   我要看火星上乌托邦平原
>   的辽阔与博大
>   要看祝融兄弟在那里
>   开天辟地的智慧潇洒
>   看它第一次试种植物
>   最好是渝中半岛的红山茶
>   还有天府之国的芙蓉花

把改后的诗再发给两位仁兄斧正，哎，回复的评价就很正面了。

朋友甲说：很好啊，天舟与天河深情地一吻，既歌颂了无数航天人对祖国的忠诚和奉献，又写成了你《月亮房》

的姐妹篇。上次你说建"月亮房"时会为我代建一套小产权房,成还是不成我不会计较,你的心意我领受了;这次又提出要去火星上搞植物栽培,我就是喜欢你的这种清新浪漫,喜欢那种以天地为家的宇宙情怀!

朋友乙也表扬说:这就对了,从你们家小区无名湖畔那些鸡零狗碎的小事跳脱到南海边的文昌航天发射基地,再跳跃到遥远太空的火星上,格局和境界就上去了嘛;特别是诗的最后两句,歌唱重庆的市花红山茶和成都的市花芙蓉花,歌唱巴山蜀水一家亲,歌唱国家战略成渝地区双城经济圈建设,这就不是"小我"的恩恩怨怨而是"大我"的家国情怀了——祝贺!

咋说呢?于我而言,作文写诗就是图一个大家乐呵,美好的氛围对周末很重要啊。

谢谢二位好友,下次写作吃不准时,我还会拜托你们帮忙把关哈!

喜欢你无条件的喜欢

兜兜转转几十年下来，在春夏秋冬四季中，我最喜欢的还是秋天。

萧瑟秋风今又是，自己能不能拓宽眼界，提升站位，放大心胸和格局，写一首在集中描绘典型秋景之美中，自然呈现百味人生之好的诗歌呢？

于是，2021年9月11日夜，我学着用排比的句式，尽量做到富于节奏感和韵律美地写下了这首《秋之恋》：

> 喜欢你大雁南飞天高云淡
> 喜欢你望穿秋水一尘不染
> 喜欢你五彩斑斓醉美世界
> 喜欢你千里烟波长亭唱晚
> 喜欢你三峡红叶云雨缠绵
> 喜欢你星辰大海絮语呢喃
> 喜欢你明月松间石上清泉
> 喜欢你绚丽画卷留白空间

喜欢你浓艳纷繁里的内敛清简
喜欢你集体狂欢后的影只形单
喜欢你渺渺夜空四季玫瑰
花瓣凋零泪流满面
喜欢你茫茫人海归来少年
精神矍铄青春容颜
喜欢你细揉慢捻
喜欢你款款深情缕缕灵感
喜欢你无条件的喜欢
喜欢你喜欢的无条件
喜欢你往年和往事的沧海桑田
喜欢你诗意同秋天关于大海星辰的量子纠缠
喜欢你
喜欢

让我满心欢喜的是朋友们五彩缤纷、美不胜收的回复。

Y女士说：喜欢这首诗！特别喜欢"喜欢你浓艳纷繁里的内敛清简／喜欢你集体狂欢后的影只形单／喜欢你渺渺夜空四季玫瑰／花瓣凋零泪流满面"。感伤是诗的灵魂，默诵数遍，这几句尤为恸人，因理解世情的悲怆，方共情人生的珍贵。我没把这首诗读为秋天，而是读为一个诗人在秋天的回答。

Y女士天生丽质年纪轻轻，不承想一开口说话竟来得如此浓情而深刻。是我在回答吗？在这丰硕朗润的秋天里，我试图回答什么呢?

是童年天真还是初恋纯净？是青春铿锵还是中年雄心？是家长里短还是家国豪情？是秋水长天还是春林初盛？是朝露易逝还是日月恒定？是感恩大地还是仰望繁星？……

好像都是，又好像都不是。

X先生说：喜欢老弟文采飞扬里的深情回望。假如我是那个她（他）或它，此时，一定会尽情展示她（他）或它的无尽遐想……

我回了大笑和作揖的表情，感谢这位好哥哥的鼓励和幽默。他是一位文韬武略的解放军将军。

Z先生发来了《水调歌头·依张公韵题秋夜静思》：

渺渺一轮月／高挂照窗前／壮年提马相过／弹指一挥间／卅载悲欢若梦／五十天涯倦客／尘事化荒烟／枫落红如血／骚雅洒遥天。

横竹笛／吹明影／锁清寒／试酹绿蚁谈笑／勤举得天全／任尔风缠云卷／吾有长松欢悦／星月玉壶宽／莫遣功名事／舟叶自操杆。

Z先生也是行伍出身，旧体诗写得很好。我发出小诗也就两个小时吧，他便步其韵回了这首《水调歌头》，尽显军旅人的铁骨柔情和境界追求，思维是何等的敏捷！

有的说爱在心里口难开，诗人诠释了最纠结的情感；有的说诗中的秋天适合思念，其实更适合见面；有的说秋思万重意，山山黄叶飞；有的说保持热爱，人间值得；有的说好美的诗，好重的情，超级喜欢诗中的意境；有的说始于喜欢，融于秋意里的各种思绪，终于喜欢；有的说想念你的诗篇，想念你的情感，想念你的容颜，想念你的浪漫，想念你的勤勉，想念你的良善，想念你的温暖……

还有几位朋友把转发小诗于其朋友圈后的一些评议截图发给我，说是只想表达对"喜欢你无条件的喜欢，喜欢你喜欢的无条件"的喜欢。

数百条反馈微信中也有珍贵的诤言挚语的批评，令人头脑格外清醒和感奋。

我很尊敬的 R 女士说：你近期的诗作虚实有度，意象俱足，写得不错，如有逆耳诤言，将会取得更大进步。

我看后心头先是一紧，旋即感到特别开心——现在有的单位连一年一度的民主生活会都把"批评和自我批评"搞成了"表扬和自我表扬"，有谁还愿意在私人空间里为写诗这样无关宏旨的小情调作针尖对麦芒般的批评呢？

我赶快表态：要写就要努力求上进，麻烦您指导，请毫不客气，并作了三个抱拳的表情。

她说：你身边高手如云，只是尚未变换评价的面向而已。严也是真诚，是更高更好的期待。等你有空，咱们见面再说。

我马上回复：好的，改天专门聆听教诲。

期待与她相见，得到她更多的指导和帮助。

这时，我同样很尊敬的 W 女士发来了信息：

微信息时代，就是人与人的交往纯粹以思想价值作为依据的时代。在这个时代，人类社会第一次摆脱了地缘、同学、同事甚至血缘的关系，真正了解你的，也许是远在天边、素未谋面的陌生人。微信息时代，如果能在一个高质量的朋友圈里待上 4 年，可以开阔国内国际眼界，免于被洗脑，还可以提高文学等多方面素养，相当于博士毕业。而在这个圈里，我正坐等毕业。

睿智幽默、为人谦和的 W 大姐自称在朋友圈里坐等毕业，那我就只能勉强算一个刚入"圈门"牙牙学语的幼儿园小班的学生了。我盼望着在圈内圈外诸多良师益友的指导帮扶下好好学习，天天向上，争取写出几行不负秋天不负人的清新温暖的文字来。

中秋的月亮

2021年9月19日中秋夜，于家乡仰望广寒宫，便想到这个世界上应是没有哪个民族会不喜欢这天上的月亮吧。

当然，尽管"今人不曾见古月，今月曾经照古人"，我还是执着地坚信，皎洁的月亮应该是与我们中华民族更有缘分。

中秋之月，它像极了一个深情的天地之吻，这个吻又像极了中华传统文化中的一枚钤印，而且它应该是经月宫里那神性的玉兔之手，浓情清晰地盖在了深蓝色的夜空。于是，在苍冥中流浪了46亿年的月亮基因发生了改变，荒寒苍凉的特征因吴刚和嫦娥家乡的那支羊毫而实现归零，从此变得格外地温柔和多情，特别是中国农历十五的中秋，地球之夜、人类之夜总会弥漫起无边的清辉和无际的馨香。

是这样的吗？肯定。无需作天文考察，只需随意浏览中华民族灿若星海的文学史于一二，就可以得到最生动形象的印证。

李白和苏轼就是如同白月光一样的大诗人。

在《静夜思》里，李白不是说了吗？

床前明月光 / 疑是地上霜 / 举头望明月 / 低头思故乡。

太白兄这首跨越千余年，流传最广泛的口语化名篇，语意浅近而朗朗上口，意境深静而感人肺腑，新鲜、脱俗、美好，宛如天然去雕饰的清水芙蓉。特别喜欢那一"举"、一"低"两个相反的动作，深刻揭示了作者的内心活动，流露出的是对家乡故园无边无际月光般的无尽思念和向往之情。

苏轼在《水调歌头·明月几时有》里不是也说了吗？

明月几时有 / 把酒问青天 / 不知天上宫阙 / 今夕是何年 / 我欲乘风归去 / 又恐琼楼玉宇 / 高处不胜寒 / 起舞弄清影 / 何似在人间。

转朱阁 / 低绮户 / 照无眠 / 不应有恨 / 何事长向别时圆 / 人有悲欢离合 / 月有阴晴圆缺 / 此事古难全 / 但愿人长久 / 千里共婵娟。

景仰词中皓月当空、孤高旷远、人月共情的意境，景仰作者遗世独立的意绪与神话传说交融一体的氛围，景仰月亮阴晴圆缺与人间悲欢离合相互浸润之间东坡式的哲思与诗美的高度契合，景仰他和他的传世之作精神境界的博大与壮豪。

月亮是最通人性、最懂人情的星球，是我们在星际间神交已久的最亲密最亲近的挚友。中秋之夜,如水的月光格外美丽温柔,它泽被大地,让普天下的人们共沐桂花香的清风,共品月亮状的月饼,成为了一家人、一家亲。

双脚所踏无非过往,月光所照皆为故乡。故乡的月亮,是最美的月亮。但愿人长久,千里共婵娟。

中秋月

轻轻的一个吻
玉兔盖上一枚东方的钤印
于是
你改变基因
46 亿年苍凉
羊毫归零
圆圆满满
朗朗润润
星若月饼
风含桂芬
无边的夜色
无际的温馨
无尽的深情

柠檬黄了的日子

著名诗人傅天琳大姐去世了，我感到很悲伤和痛惜。

确切告知我噩耗的是天琳大姐做外交官的女儿。她于2021年10月23日15时45分发来微信：张老师，您可能已经知道，我妈妈走了。今日重庆天降祥瑞，那万丈霞光一定就是来接她的。

当时我正开车，陪几位朋友周末去秀山县的川河盖景区。待看见微信后，我赓即回复深表哀悼，祈望她们一家节哀顺变多保重。

此前两小时左右，好友R女士还来电话向我求证傅天琳老师是否真的走了，我当即回答说没有，应该是有人搞错了吧。但其后的当日16时05分，R女士转来成都红星新闻的报道，称著名诗人傅天琳不幸去世。

这是无力回天的事。匆匆赶回重庆主城后，我独自去了石桥铺殡仪馆，向天琳大姐行三个鞠躬礼，表达敬意，寄托哀思，沉痛告别。

青少年时代，我就读过誉满神州的"果园诗人"傅天琳的诗，特别钦敬她诗中的真挚、纯净、清新和自然洋溢出来的天地大爱、家国情怀和人间悲悯。而有缘与她相识，是在三十多年后的2019年2月。当时，经由好友C女士介绍，她专门前来参加在解放碑新华书城举办的张刚诗集《黄葛树下》评析会暨首发式。会上，面对一个素昧平生的诗歌爱好者的作品，她在点评时给予充分肯定和热忱鼓励，令我获益良多，颇感振奋。从那天起，天琳大姐有口皆碑的真诚谦逊和禀赋优越的大诗人才华在我心里留下了深刻美好的印象。其后，我们的交往自然而亲切，彼此有神交已久之感，自称小兄弟的我（当然，应是自称晚辈更为准确和妥帖）更是有相见恨晚、拜师恨晚的感觉。

令我尤为感佩的是，相识两年多的时间里，我发给她的"每周一歌"小诗习作，她都会认真阅读，并且几乎是每一首都会给予精要点评。2021年8月28日，我因工作调动，为答谢渝中半岛诸君多年来的关爱帮扶，以黄葛树为切入点写了一首小诗，发给因病在家静养的她，她很快作了回复，这也是她生前最后一次对我的小诗作点评："写黄葛树的高手！再从树扩展开去，一片壮美天地！"在另外一个场合，她也曾当众激励我："黄葛树是最富民情、民意的树。张刚一把就抓住了这棵树，抓住了这棵树，就抓住了重庆的精神。"

面对她诲人不倦的鞭策和满腔热情的期许，我这个名不见经传的诗歌爱好者还能说些什么呢？人家可是中国诗歌学会副会长、鲁迅文学奖诗歌奖获得者呢。当然，在我的心目中，她还有一个重要身份——我学习诗歌写作的诸多良师益友中，直接给予我指导和帮助最多的亲切的大姐。

2021年9月初，她在市里某医院住院治疗，我曾前往看望。当时，她已沉疴缠身，说话都很困难。听她女儿说是我来看望，闭着双眼躺在病床上的她便把双手伸向空中，我双手迎上前去，紧握住她的双手，明显感觉到了她内心的高兴。她想说话，医生和我们都坚决劝阻，当着她的面，我们向着积极的一面认真地讨论着她的病情和治疗，千方百计鼓励天琳大姐积极配合，争取在医护人员的精心治疗下再次战胜病魔，早日彻底康复。

巧合的是，这家知名医院的法人代表Z先生是我多年的好友，我向他深表谢意，拜托他尽最大努力救治，盼望他们再次创造妙手回春的奇迹。其后的日子里，专业精湛、古道热肠的Z先生率领团队尽了最大的努力，但终究无力回天，天琳大姐还是于霜降之日驾鹤西去。

天琳大姐遗体告别式后，其才华横溢的女儿和儿子给我发来了"张老师，真的非常感谢有您"的微信，同时发来了感人肺腑、催人泪下的致"妈妈的至爱亲朋"的一封信：

10月23日是我们生命泣血的日子。让我们稍感释怀的是，许是为了成全妈妈的心愿"我只想骑上光芒四射的云朵"，这座山城在连日阴雨之后突然天降祥瑞，出现难得一见的万丈霞光。此生，妈妈圆满了，而我们的心，空了。

感谢你们以最快的速度奔赴而来,以至于"殡仪馆已经不卖花圈给我们了,买得太多,没有地方摆放了",这是蒋教授告诉我的原话,以至于工作人员都说,"从参加工作以来就没见过这么多人送花圈",然后忍不住问,"这个老人家是做啥子的嘛?"

在我们眼里她就是一个普通平常的老人家,闲暇时会跟朋友们打打小麻将,喜欢半躺在沙发上用iPad玩消消乐,喜欢跟老伴一起逛逛菜市场,喜欢豆花,喜欢回锅肉,喜欢格子衣服,遇到开心的事,会情不自禁手舞足蹈像个孩子一样,还会被电视里的新闻感动到泪流不止,几患眼疾。多么普通平凡。

感谢你们毫不掩饰的悲伤,更感谢你们翻遍记忆的百宝箱,带来无数我们从不曾知道的妈妈与你们在一起的鲜活时刻。你们不同形式的回忆,分享和怀念,你们不分年龄层次的由衷敬重与爱戴,是最最熨帖的礼物,我们空荡荡的心,就这样一点一点,被这些无比珍贵的馈赠温暖着填补着。

毫无疑问,一生之中总会有一些事情,一些瞬间,长久地改变我们的人生,而能够让我们伤口愈合的是回忆,而非遗忘。妈妈会长存于我们永不遗忘的爱里。虽然只要我们心中有爱,我们便会时常感受到疼痛,这疼痛提醒着,我们何其幸运,生命中有过妈妈这样单纯美好的人。

感谢你们的陪伴和呵护,使妈妈能够保持纯真善良诗意优雅,至死不渝。

妈妈已踏着一万亩辽阔祥云去往另一个星球,去细数那里有多少树多少溪流多少鸟叫，还有多少酒多少诗多少友人。余生我们一起努力，活成妈妈想要看到的样子。

祝愿命运让我们始终与善美的人们同行。

祝愿各位顺遂安康祥云缭绕。

罗夏　罗炜鞠躬合十
2021 年 10 月 26 日

看了两遍，不胜唏嘘。世留华章，长歌未央，雅风芳德，山高水长。西天的祥云又多了一抹中国的柠檬黄，天堂之上即将迎来更新更美的诗歌盛宴。

感念天琳大姐生前对我诗歌创作的喜爱和帮助，感念她两年前在我毫不知情的情况下曾热忱建议有关单位的 D 先生筹办一次张刚诗歌朗诵会（她去世后，D 先生把相关微信截图转发给我始得知），感念她对我"一个写黄葛树的高手！再从树扩展开去，一片壮美天地！"的激励和鞭策，作为一个学写诗的人，我选择了自己认为对天琳大姐最好的纪念方式——试着写一首诗来缅怀和铭记。

于是，我在一个晚上一气呵成，写出了这首被北京、重庆、成都等多地刊物采用和转发的《柠檬黄了的日子——缅怀著名诗人傅天琳大姐》。天琳大姐的女儿看后对我说："感谢您用文字帮我把妈妈的殿堂擦拭得熠熠生辉。"我做不到她说的那么好，但我坚信，真情换真情是共情，真心换真心就暖心。对于人家给予自己的关爱和帮扶，能报答的一定要报答,报答不了一定要铭记,这种美好的情愫经流年的滋润和培育,也一定会成为一枚温暖而又芬芳的带蒂之玉的。

柠檬黄了的日子

柠檬黄了的日子
我们依依惜别
您赠我一颗熟透的柠檬
黄澄澄的
一生遭遇结出的果实
凝聚生命的骨血
带蒂之玉
温润雅洁亲切

柠檬黄了的日子
我们依依惜别
您赠我一枚椭圆的叶子
绿油油的
清晰的叶脉
我看见了您出发的原点
看见了尊严的痛苦和高贵的喜悦

还有您万紫千红旅行的轨迹
以及那片空白和停止

柠檬黄了的日子
我们依依惜别
您赠我的黄丝带分外明丽
双手捧起
沉甸甸的
她串联了2000多首美诗
一首诗一棵树
一个字一片叶
神州巴蜀
大江南北
绿色的音符
漫山遍野

柠檬黄了的日子
我们依依惜别
阳光朗润云霞祥瑞
簇拥着您一路向西
万里清秋
高天如洗
尘世喧嚣已被超脱成一声风吟
您衣袂飘飘

碧玉为佩
一路播洒柠檬花雨
太阳之下
月亮之上
天琳风景
勃勃生机
恰似缙云山果园
永恒的诗意

在那银色的海滩上

补休一周，两口子即飞往海口美兰机场。租车，开往我心目中养心度假的天堂——美丽文昌。

文昌的美丽，是底蕴丰厚的历史文化与禀赋独具的自然美景相互搅拌融合的大美，厚重典雅，质朴清新，摄人魂魄，令我为之痴迷。

她西汉即设县治，2100多年的历史使其成为海南三大历史古邑之一。"定安无海，文昌无黎"，她是有宋以来汉人移民海南的第一站，是海南唯一没有少数民族聚居地的城市。

她诞育了对中国乃至世界近现代史产生了近半个世纪重要影响的宋氏家族。在昌洒镇古路园环境幽静、果林飘香中的那幢农家宅院式建筑前，围墙正门横楣上方，悬挂着由邓小平亲笔题写的"宋氏祖居"匾额，室内有华国锋、朱镕基等的亲笔留言。

她是名副其实的"将军之乡"，既出过共产党的大将张云逸，也出过国民党的上将陈策，近当代史上涌现出了196位将军。

她是声名远播的"华侨之乡"，55万人口的文昌市有120多万华侨分布于世界60多个国家和地区，南洋文化、异域风情在文昌随处可见可感，新加坡国菜"海南鸡饭"是由海南四大名菜之首的"文昌鸡"演化而来。

她是举世公认的"椰子之乡"，东郊椰林，中国之最，全球罕见，上百万株椰树婀娜婆娑，美不胜收，临海处还有千姿百态的红树林、斑斓幽邃的浅海珊瑚，是深度体验椰风海韵的上佳去处。

她是全国举足轻重的"排球之乡"，其排球运动起于清朝末年，现今仍是全球排球场地最多的地区之一，全市常年活动的排球队在650支以上，文昌中学作为中华名校其排球队曾荣获全国冠军和世界第五，排球运动普及率之高，全国难有与之比肩的县市。

她还有群峰竞秀、层峦叠翠、风光旖旎的铜鼓岭景区，月亮湾、棋水湾、云龙湾的沙滩如银，海水湛蓝，近处是波平浪静的天然海水浴场，稍远处是时隐时现、蔚为奇观的蓬莱仙境般的七洲列岛。

她还有中国首个开放性滨海航天发射基地，也是世界上屈指可数的低纬度重要发射场之一，主要承担我国地球同步轨道卫星、大质量极轨卫星、大吨位空间站和深空探测卫星等航天器的发射任务。

她还有278公里自然优美的海岸线，是海南全省海岸线最长的城市，还有世所罕见的17万亩红树林组成的"海上森林公园"……

虽然用列举法说文昌之美显得有些拙劣和啰嗦，但在全国2800多个县市中，大多数能有其中的一项两项就算"人无我有，人有我优"了，而文昌就有这么的神魅，她同时拥有，可谓上苍青睐而得天独厚，你让我怎能不赞美呢！

哦，当然，需要向读者报告的是，这里面肯定也有血缘亲情的因素起作用，海南文昌，是我母亲的家乡，也是我出生的故乡。

所以，一踏上琼岛我心里就特别高兴，一路哼着小曲沿着音乐般起伏的不收费的高速公路平稳奔驰，一小时就到了椰林深处独门独院的姨伯姨妈家啦。

三年不见，两位老人的身体依然健朗，我用略显疲惫和沙哑的嗓音向两位90岁老人问好，两位"90后"也很高兴地向我这个晚辈问好。姨伯说话比我浑厚，姨妈说话比我清亮，干净的笑容和眼神，如同我重庆小区里隔壁那位三岁小孩儿一样呢！

"长寿岛"的人为什么大多长寿？我想，除开这里拥有世界一流的阳光、海水、空气、植被和物产外，更重要的应该是这里的人们大多心地善良，处世平和。

海南岛于1950年春解放后，姨伯姨妈家一直在这片方圆数百里内没有人家的繁茂林子里居住。解放初期建了第一栋老宅，明显简陋；约30年后的改革开放初期，顺着第一栋的朝向在其后建起更漂亮的第二栋宅院；近年来，又在第二栋后的同一朝向建起了现代时尚的第三栋宅院，这主要是由退休返乡定居的表哥表嫂出钱兴建的。

我迫不及待地在三栋房屋间和第三栋楼院的楼上楼下拍照录像,很快发给几乎是不约而同来到海南的几位好友,文字说明是:

我文昌姨妈家的农家院,由低向高排列的一、二、三号宅院,分别建于1949年前后、1979年前后、2019年前后。三个年代中,这个家庭由第一阶段的老两口,发展为第二阶段的两代六口,再到现在的第三阶段两国三地(中国大陆、中国香港、加拿大)四代共20多人。小家看大家,中国变化大!

几位朋友看了也很高兴,称赞说这才叫美满幸福,纷纷表示美好祝福。

从姨伯姨妈家出来,便奔向文昌东北部著名的月亮湾。漫步于银白的沙滩,天高水阔,云淡风轻,面朝大海,心潮澎湃。好花不常开,好景不常在,匆忙人生能有这般良辰美景,那不写诗还愣着干什么呢?

在那银色的沙滩上

阳光如人
人如阳光
珍稀的敦厚
至纯的温良
世所罕见的高负氧离子

在椰林
在海洋
在侨乡老少
最干净的微笑上

铜鼓岭下
月亮湾旁
一呼一吸
一笑一颦
都是芬芳的醉氧
晾晒着潮湿僵硬的身子
我仅存一个念想
成为文昌人的模样
微笑
阳光般温暖润朗
心态
大海般宽广敞亮

关于灵魂的诗歌表达

日前，一位和蔼可亲的老领导推荐我看一篇关于生命科学认知的长文，作者是中国科学院院士、清华大学原副校长施一公，读后颇受启发。

印象特别深的是作者关于量子纠缠的精辟论述。其基本观点是，科学实验发现，两个没有任何关系的量子，会在不同位置出现完全相关的相同表现。如相隔很远（不是量子级的远，是光年甚至比光年更远）的两个量子之间并没有任何常规联系，一个出现状态变化，另一个几乎在相同的时间出现相同的状态变化，而且不是巧合。

作者进一步指出，基于科学实验发现，我们认知的物质，仅仅是宇宙的 5%。没有任何联系的两个量子，可以如神一般地发生纠缠。那么，把意识放到分子、量子状态去分析，意识也是一种物质。既然宇宙中还有 95% 的我们不知道的物质，那灵魂是极大可能存在的。科技发展到今天，我们看到的世界仅仅是整个世界的很小一部分。这和一千年前人类不知道有空气，不知道有电场、磁场，不认识元素，以为天圆地方相比，我们今天的未知世界还要多得多，多到难以想象。

如若这样，世界如此未知，人类如此"愚昧"，我们还有什么物事必须难以释怀呢？

幽默地想一想，感觉这一半是火焰，一半是海水的人生还是有难以释怀的。比如，如果人的灵魂存在，那么现世之人能否于现世找到自己的灵魂？能否实现灵与肉的和谐统一以提高生命的质量？能否有效避免现世之人魂不附体，成为没有灵魂的行尸走肉情况的发生？

于是，我纵浪大化，无喜无惧，尝试着从视觉、听觉、嗅觉、味觉、触觉以及量子纠缠的"第六感官"来说一说关于自己的生命与灵魂之间互涉互衍的关系，用诗歌来作一次关于哲学和生命科学的思考与表达。

虎年正月十一日22时，一气呵成写就《致灵魂》，赓即发给了各位亲朋好友：

一直在仰望你的背影

惊为天人却模糊不清

一直在倾听你的声音

宛如天籁却寂静无声

一直在嗅闻你的芳芬

馥郁若兰却恍如幻景

一直在品尝你的深沉

雄浑如山却雪花轻盈

借由模糊向你走近
雾里看花心心相印
借由寂静约你同行
万语千言一声不吭
借由幻景偕你相亲
如影随形泾渭分明
借由味觉跟你共寝
合二为一独善其身
借由拥抱与你交心
咫尺天涯伉俪情深

而每当万般无奈布满我的心田
你就会在万般无奈面前
优雅现身抚慰心灵
每当我的世界陨石雨微尘般翻滚
你神一样的存在
世界瞬间波平浪静云淡风轻
什么原因
原因不明
也许是量子纠缠命中注定
也许是鬼魅不知灵异感应
你是遥远天边的一颗星
我是巴山蜀水的一个人

很快，反馈信息如虎年之初重庆高山地区正在飘飞的春雪般密集地向我飞来。

少有发言的女儿这次也给了小诗以不错的评价：构思巧妙，用语美妙，哲思奇妙。三个段落层层递进描写肉身与灵魂的关系：区分"客我"，融合"你我"，最后回到"客我"，升华至灵魂予以肉体的观照和引领。最美的是最后一句，既概括地呈现灵与肉的关系，又完成了全诗视角从肉身出发，又回归肉身的首尾呼应，凝练了全诗的主旨和意蕴。写得不错，恭喜！

我有点不服气：什么叫写得不错？难道我以前写的诗有错，甚至错误还比较多比较严重吗？

专栏作家Y先生说：分，是为了挣脱现实的羁绊；合，是为了回归现实的安宁。身与心、肉与灵时分时合，何其近哉又何其远矣！

医生Y女士说：妙哉！肉身与灵魂的对白，即使魂飞九天，即使沉坠深渊，即使肝肠寸断，即使万箭穿心……注定形影相随，注定且行且珍惜。

企业家Z先生说：从诗中读到了诗里起主导作用的精神层面的核心要素，诗中还洋溢着能够被我等欣赏认同的价值观念、思想情感和精神面貌，以及高贵人格及慈善心地，我感受到了影响和激励人的文化的力量。

成都诗友H先生说：灵魂相通分不开，风雨人生顺势猜。漂亮皮囊不长久，诗意人生尚可裁。

同事Y女士说：如同看了一段人性哲理片，然后，我屏气凝神地寻找那颗星和那个人。

有朋友称赞我"既许一人以偏爱，愿尽余生之慷慨"的同时，也有多位好友发来调侃我的"神回复"。

有的说深情不应该模糊，还需要进一步解读；有的说谁能配得上如此深情的告白呢；有的说感觉写的是作者心中的某位近于神的人；有的说都纳了闷啦，哪位姑娘会让你日思夜想哟。

我统一回复：相识何必曾相逢（加憨笑表情）。

子夜已过，重庆一所名校富于幽默感的校长问：这诗是哪儿来的灵感？

我：读文件。

校长：读文件？阔（可）以这样？这种神操作我估计应该是通过做梦来实现。

我回一个大头憨胖男孩傻笑的表情，然后说：还不休息啊，我们广大家长要给您提意见喽。

校长：为着梦想成真，决定马上睡觉。

我也感到有些疲倦，洗漱完毕，已是零点时分。手机不断有微信进来，侧头一看，是几位渝中半岛的朋友在关心我的写作计划。我报告说八小时以外正抓紧写一本散文集，想在三个月左右时间写60篇，每篇都尽自己所能争取写好，不辜负好友们的鞭策，请他们放心并监督。我有信心落实自己的想法，因为我感觉自己的精神状态真像一名高三学生。

好友们说要悠着点哟，健康第一。我回复：请放心，因为我怕死。他们说当然放心啊，你不正在上高三吗？你后面的日子还长得很哟。

  我大笑,对兄弟姐妹们说:谢谢!我很忙,我得马上去梦周公和找自己的灵魂去了,亲们,晚安!

孤独是别样的一树花开

2022年3月12日凌晨5时起床写作,至8点50分许,改定本周末的小诗,发给1500位微信朋友后,我怀着完成"每周一歌"的小满足吃起了早餐,感觉格外香甜。

原文是这样的:

> 恭祝:周末愉快!
> 三月十二日清晨
>
> 凋零的花朵在枝头重新盛开
> 龙钟的老态重回三岁婴孩
> 喜马拉雅
> 大洋深海
> 万能的忘却
> 无色无味无为
> 空间之巨
> 若有若无的存在

时间之重
一粒流浪的尘埃
仲春之夜星辰寥落
孤独风来
轻拂一树甜蜜的悲哀
偶尔，有果子散落
老而未熟
青而不涩

马尔克斯说："生命中所有的灿烂，终究要用寂寞偿还。"基于职场三十余年的人生历练，自己高度认同他的观点。

我们的生命无论会有多么的灿烂或者不灿烂，最后注定会归于平静和寂寞。人生总会这样的，年纪渐长，话就会变少，思考多了深了，人就会变得更喜欢独处。寂寞和孤独是每个人无法绕过的一段人生路，而且这一段路的某一段只能由自己去面对，任何人想陪伴也做不到，这是人生的宿命。

年轻时不太想事，这些年逐渐有了寂寞的体验，便相信了人的身体和心理的年轻或老化基本同步的说法。所谓"冻龄"，是成年人的一种诙谐，是彼此心照不宣的善意谎言。诙谐地说出这个善意的谎言，折射的是我们面对老之将至的无奈和调侃，是我们内心深处对往日时光的追忆和幻想重新年轻的内心期盼。

人生的这个阶段，自然会更加怀念逝去的青春，更加感慨人生的遭际，更加喜欢把老庄的哲学思想带入现实生活。

夜不能寐时，越来越喜欢独处的人，大概率会自觉不自觉地遥望星空，同天风地露作无声交流，然后微笑于心。

在这个写诗的凌晨，我仰望深沉无边的夜幕上那一弯晶亮的新月和更远处的几颗星辰，面对沉寂的夜色下照母山那影影绰绰的逶迤山影，面对即将醒来的这座熟悉而又陌生的生机勃发的特大城市，我突然有一种人生渺小的空虚，为生命的短暂而显得有些不知所措。

世界和人生是美好的，生命和生活值得赞美，但同时我们也在世界和历史面前随时看得见眼泪甚至是鲜血在飞。正在上演的俄乌冲突及其背后的大国博弈是这样，我们每一个成年人的生活经历和生命历程又何尝不是如此呢？以三年或者五年为期，我们每走过一段人生的路，谁不会留下大大小小、多多少少的遗憾呢？我的那些遗憾，会让自己感到时不我待的压迫和一事无成的卑微，这也是有时候自己不接纳自己、自己对自己不满意的重要原因。

但人生不会因此而放慢它匀速前行的脚步。不管我们有多少成功的喜悦和满足，也不管我们有多少挫败的遗憾和抱恨，它都会带着我们向前走，最后殊途同归，实现人生命运在终极意义上的绝对公平。人生苦短，短暂的人生有所不同的区别仅存在于过程，过程精彩则人生精彩，那么人生过程精彩的出路在哪里呢？

春夜的月亮和星辰静谧而深永，我内心的空虚和不安在与它们的长久凝视中渐渐变得淡定和安宁。我辈凡夫俗子改变不了这个世界和历史，有所作为甚至是大有可为的是在寂寞人生中改变和提升自己，在改变和提升中自己同自己讲和，自己接纳自己，不断调整着适应这个世界和历史的千变万化。

　　我追求的是向内观照，于孤独和寂寞中凭借散文和诗歌的引领，由低向高去攀登。登不上险峰，但一定要走出低谷；抵达不了崇高，但一定要摆脱庸俗。在不断的攀登中保持精神的向上向善，在不断的提升中发现自己生命的美好，在一个人的狂欢中去体验艺术的感性和温润，去感受哲学的理性与深刻。

　　人的一生应该是有若干个关键点的，对每一个关键点的正确领悟，就是一次生命质量的觉醒，这种觉醒是人生江湖上孤独求败，不断激发身心能量的宝贵动力。

　　今天是3月12日，是我们国家的植树节，所以我才如此强烈地盼望凋零一地的花朵能够梦幻般地重新绽放枝头，老态龙钟的人能够重新回到三岁婴儿的状态，最雄伟的喜马拉雅山脉能够重归大洋和深海；盼望我们能够站在更宏博的高位，用宇宙的视角来俯瞰，看清楚那永无边际的时间就是无家可归的流浪尘埃，弄明白那辽阔无垠的空间就是可有可无的存在，因为无色、无味、无为的忘却才是万能的；盼望我们能够在万能的忘却的世界里，孤独和寂寞的风能够轻拂我们的生命之树，树上那些饱含着人生百味的果子在遗憾中不断适应着环境自由生长，它们青而不涩，但仍老而未熟，假以时日，我坚信那每一枚果子都会长成自己想要的样子，且滋味无穷。

小草之歌

普通平凡的小草什么时候最好看？

春寒料峭的细雨中那冒出地表若无还有，给人们以无限希望和美好憧憬的星星点点的茸茸嫩芽，骄阳似火的盛夏里那蓬勃生长、无边无际铺向蓝天的旷野绿浪，长天之下、秋水之畔那正变得日益幽深和神秘的斑斓色彩，那都算得上是小草美得极致的自然状态。

小草向世界呈现美的最大特点，于我看来，是它严格自律基础上整齐划一的集体主义呈现。我们很难由看见一星半点、形单影只的小草就想到小草的最美形象和最强动能。小草蓬蓬勃勃、浩浩荡荡的强大、坚韧和气场，一定是由无数的普通、平凡的小草来支撑的，"不积跬步无以至千里，不积小流无以成江海"和"水唯善下能成海，山不争高自极天"说的就是这个道理。

即便是到了寒郁寡淡的冬季，每一株小草都是一样的高度自律，始终做到兴衰荣辱共进退，都会在同一个时段内整齐划一地枯黄着苍白，苍白着凋萎，直到缩成被这个世界无视的一粒小点，甚至连一粒小点都被抹去了似的，只能灰头土脸尴尬地蜷缩在地表以下。即便是这样，万万千千的小草无一例外地做到了自觉自愿，心甘情愿。

低入泥土和尘埃里，小草在忍耐，在等待，在蓄积爆发的生命能量。它坚信当北风吹开了耐寒的冬菊，腊梅的清香就不会太遥远，腊梅清香四溢的时候，春天还会遥远吗？每一根小草都是有理想，有追求，有目标，有抱负的，它脚踏实地，坚信未来。

千千万万的农民、工人、白衣天使、边防战士、快递小哥和各行各业的普通劳动者，不正是这样的小草吗？

我忍不住写下一首歌颂平凡小草的小诗，献给那些普通而坚韧如小草般的千千万万的新时代中国特色社会主义的建设者。

冬日小草

好想温柔以待
就像小鸟依人般可爱
可仿若明日黄花
确已芳华不在
好想绿遍天涯
就像曼舞绸缎的大海
可如同掉光叶子的山林

哪有缤纷的色彩
在沉默中枯黄沉默
在苍白中柔弱苍白
低入泥土和尘埃
等待，等待
静静地等待
北风已开出冬菊
即将绽放
清香四溢的腊梅

采菊东篱

欲辨忘言

示弱斋书房

　　孔夫子在《论语·阳货》中说,诗的社会功能是可以群,可以观,可以兴,可以怨。作为两千多年后的"铁粉",我是衷心拥护孔夫子的主张的。

　　以诗可以群为例。"群",先秦理解为"君"和"羊"的联合体,《易经》中理解为人和物可以"群分"即人群,宋代大儒朱熹理解为和谐中保持鲜明个性。而站在先贤巨人们的肩膀上,我学而时习之后的感悟是,把"群"作为动词来理解可能更有味道,即诗是可以用来增进共识,和谐关系,凝聚、团结、提纯人间美好情谊的。

　　"诗无达诂",对孔圣人最著名的诗论观点作如是观,但愿没有冒犯圣贤。

　　在新冠疫情仍然肆虐的背景下,人们践行的是"不聚集"。但我知道,再好的朋友,如果久不往来,关系是会慢慢变淡,渐行渐远的。那么,现在而今眼目下,该怎样保持和加强与朋友们的联系呢?

　　结合自身实际,我找到了一个办法,那就是为着"群"

的目的，紧紧依靠小小的手机写诗，"每周一歌"，即写即发，愉悦朋友，快乐自己，以诗歌国度的一抹文化亮色来维系和深化朋友间的情谊。

我所生活的城市是重庆。这意味着什么呢？从诗歌的维度拓展开去，所有的文学艺术形式中，诗歌之于重庆可谓源远流长，灿若星河，历来都走在全国的第一方阵，正所谓"中国的半个诗魂在重庆"。

这可不是诗歌语言的随意夸张。

第21届国际华文诗人笔会授予著名诗评家、西南大学二级教授吕进先生"中国当代诗魂金奖"，颁奖词强调的就是他在传统诗学现代化和外国诗学本土化方面的突出贡献。

中华民族的第一首情诗在哪里？著名文史专家、一级作家蓝锡麟先生告诉我们，中国文学史学界和神话史学界的共识是诞生于重庆的《候人歌》。

"天下诗人皆入蜀，行到三峡必有诗。"李白、杜甫、白居易、刘禹锡、李商隐、苏轼、黄庭坚等众多诗人在重庆留下了灿烂的诗篇。"朝辞白帝彩云间／千里江陵一日还／两岸猿声啼不住／轻舟已过万重山。""杨柳青青江水平／闻郎江上踏歌声／东边日出西边雨／道是无晴却有晴。"这些浪漫主义的经典之作和中华文化走向世界最早且影响力最大的竹枝词民谣，有几个中国人不是耳熟能详的呢？几千年的丰厚积淀，滋养了世世代代的重庆人，巴山渝水宝贵的精神财富，成为中华优秀传统文化和文明中熠熠生辉的重要组成部分。

生活在这大山大水、诗意盎然的城市,受恩于身边那么多优秀诗人的熏染和帮助,愚钝如我者于八小时外也常常苦心孤诣地寻找着诗可以"群"的切入点和"每周一歌"的突破口,但我真真切切、时不时地也感受到痛苦多多,阻碍重重。

概言之,一是树欲静而风不止。我是一个不太坐得住板凳的人。每天下班后或逢节假日,稍有空闲,最喜欢的是开车郊游闲逛,有时被迫坐进书房读书写作,也时常心猿意马,甚或思接千载,神游八荒。每当这样的时候,我就天真地想,如果人真可以有"形我"与"神我"之分,我一定会与"神我"为伍,四处流浪,虚度闲晃,而会放任那个"形我"去同黄卷青灯为伴,书桌前他愿坐多久就坐多久,我才不爱管他呢。

二是心有余而力不足。于我而言,写诗要做到"每周一歌",有时真有些愿望大于能力的感觉。可每每想到良师益友对我的关心帮助和激励期待,我便又有了"诗壮怂人胆"的勇敢,想方设法把"神我"劝回书房,哄着他从俗气牵挂的羁绊中超脱出来,裹足取暖,悬梁刺股,努力做到如吕进先生所说的"以自己独特的嗓音唱出与众人相通的人生体验",实现独乐乐与众乐乐的统一。

莱蒙托夫说过:"没有痛苦,叫什么诗人。"我不是诗人,却也初步品尝到了什么叫写诗的痛苦,那可真正是"吟安一个字,捻断数根须""吟成五字句,用破一生心"啊,不然,我的头顶咋会荒漠化得这么快呢?

当然,也可能是几乎无解的脂溢性皮炎所致,也不能形而上学片面性地一味责怪让我痛并快乐着的诗歌。

把理性和感性结合起来审视，做一件事能够让自己感到痛并快乐着，这就是我眼里心里的人生幸福感。

我的诗是新诗吗？暂且不管，据说新诗百年还没有确立起诗之为诗的审美标准呢。"心中别有欢喜事，向上应无快活人"，自己爱写，朋友爱看，这就够啦。新冠疫情期间和之后，义无反顾，乐此不疲，我会继续痛并快乐着的。

请勿打扰，示弱斋内，咱姓张的也正幸福着呢。

示弱斋书房

发呆在这里遇见冥想
此岸便开启示弱斋时光

虚拟打望　情思闲晃
无意义的虚度漾起人生留白的芬芳

偶尔会邂逅荷锄晚归的陶潜
他说欲辨之真早已被夜风遗忘

偶尔会看见李白和苏轼同台联唱
追光灯是他俩微醺时把玩的月亮

这时，世界的氛围变得有点儿夸张
一个我在键盘前开始装模作样

窗台上的猫咪抿嘴一笑
伸伸懒腰，另一个我随即遁入梦乡

一位画家的时光边缘

一位德高望重、一通百通的智者长者对我说过，重庆文化战线比起兄弟省市来说有诸多不足，但诗词和美术不逊他人。本人深以为然。

诗词方面，国内业界有一种说法是"中国诗歌的半个灵魂在重庆"。重庆优秀的诗人是一个较大的群体，我囿于活动半径，认识的诗人并不多，但其中却有两位曾获过鲁奖中的诗歌奖。

巴渝美术界同样是卧虎藏龙。经由知名书画家好友 W 女士介绍，我认识的画家朋友有好几位，油画国画以及其他，春兰秋菊，各有千秋。而 L 先生是其中一位，我喜欢他的画作，他是那种仿佛心里永远有着一对天使般的小男孩和小女孩的大男孩一样的艺术家。这样的气质影响了他"当官"，却成全了他的艺术创作。

有关他的一个经典故事是，不谙"官场套路"的他在蜚声全国的一所美院做国画系主任期间，曾牵头承办过一个有影响的全国性专业活动。在安排座次时，他坚持把知名画家艺术家放在最前面，领导次之，其他人再次之，他因此受到讥讽，有人说他"不懂事"。

"官"不再当了（他也没什么兴趣），"不懂事"的执着转变成了强劲的奋斗动力，推动他的艺术探索在融会中西、贯通古今上另辟蹊径，锐意创新。

他本科四年、硕士三年学的都是俄欧油画，可今天他成了中国工笔画学会常务理事、重庆工笔画学会会长。他的画作在巨大的时空跨越之间，努力实现的是东方和西方理念及技法上的彼此借鉴，相互浸润，珠联璧合，相得益彰，读者诸君若有兴趣，可上互联网上查阅鉴赏。

这位仁兄作画善于把传统中国画的意象、意境自然融入油画创作的理念和技法中。其表现题材大多是中式椅子、青花瓷瓶，以及大自然间的各种花鸟鱼虾。他的画作，很难用国画或者油画来下定义，因为那些画作既有中国工笔画的兢兢业业、一丝不苟，又有俄欧油画的色调魅力和深邃空间，写意写实双向渗透、水乳交融，不食人间烟火般的静谧和飘逸间，又厚重踏实接地气，内涵精深而丰厚。

特别喜欢他材料运用上的匠心独具。丙烯颜料的大胆、充分和得体的运用，使其笔下的画作色彩格外明丽，晦涩着典雅，低调着奢华，平凡着高贵，散发出他个人风格的独特魅力，淋漓尽致地展示了画家中的"这一个"对新时代绘画艺术品质和方向的深刻理解及不懈追求，受到海内外行家好评。据说，近年来他的画作在江浙、上海和香港及东南亚卖得不错。

大概是因为心情很好吧，最近几日他不断发来自己与好友间围绕他的新作的相互唱和。昨天，还把他同一位词曲作家、一位纪录片配音员兼音乐人合作创作的音诗画视频发给我。我看了，然后回复：优势互补，珠联璧合，有味道。

他马上说："从小玩到现在的挚友，音乐人超哥在我的作品前突然诗兴大发。配上好友陈文浑厚的声音，有点好玩。这是否就是传说中的音诗画？刚哥批评。"

我当时正忙工作，没有马上回复。

一会儿，他又问："刚哥可有诗兴？"我顾左右而言他地回复说："三位联手，画诗音融合，通感之美令人陶醉。估计，同学当年，三位应该都是三好学生吧！"

他老兄什么意思呢？怕不是仅仅发给我欣赏欣赏那么简单吧？哦，我突然想起了两年前的一次聚会上，我答应过为他的画写诗助兴的承诺——哈哈，这老兄在较为委婉地对我开展启发式教育哟！当然，我一个大男人咋能说话不算数呢？

我马上回复，争取找到他所说的"诗兴"感觉，写好后尽快发给他。

当晚深夜写好小诗，发给了他。

很快地，他回话说"诗中有画，画中有诗""刚哥写得太好！"我说主要是因为画太美，当然，有时候也只有相互吹捧才能共同进步嘛！玩笑让彼此都开怀大笑起来。

我告诉他，自己很尊敬的真正的文化人C女士对这首"析画诗"也有较好评价，说是线条、色彩、古典诗词等视角元素幻化成诗的情感和敏锐嗅觉，在大跨度中体现了艺术的张力呢；另外一位诗歌评论家好友 W 先生也写来一段文字，说是于"嘈嘈切切错杂弹，大珠小珠落玉盘"间，看见了雨滴的透明撞击了绿色的雅洁，天堂的灵魂和灵魂的天堂正融为一体，氤氲如梦，让他不自觉地发散着无穷的想象，开始了对美的表面和内涵的自由追溯。我催促他赶快找其好友合作，形成新的音诗画作品，我也好转发给 C 女士、W 先生及其他好友分享，祝福大家周末愉快。

这时，四川凉山好友 W 女士发来了有关小提琴名曲《丰收渔歌》的一段视频。这应该是一段在作曲家李自立先生私宅里拍摄的视频。老音乐家坐在轮椅中，认真听着两个外孙女的倾情演奏，拉琴的外孙女情到深处泪流满面，场面感人。

这首曲子太出名了，它是李自立先生 20 世纪 50 年代末被打成"右派"前深入沿海渔村体验生活后创作的精品力作。自那以后，从反"右"到"文革"他和他的家庭经历了怎样的痛苦，到打倒"四人帮"那又是多么令人欢畅和兴奋，再到后来音乐家重归艺术的平静和形成新的艺术追求，以及这些年来颐养天年的美好时光……

音乐到了这个份儿上，其背后会有多少他们家庭家族的不平凡故事和传奇呢？当然，那注定是属于老音乐家的时光边缘了。

可我在聆听这首小提琴曲时，总是想到那位画家朋友的那些画意，老是感到这个曲子与那些画作有某种通感关联。

"远看山有色,近听水无声。春去花还在,人来鸟不惊。"

到底是什么呢？却是欲辨已忘言。

时光边缘

线条的祈盼
色彩的思念
西池荷莲的第六感官
神一般晶亮灵性的雨帘
交织成白鹭的梦幻
和蜻蜓的伊甸园
风过水面
嘈嘈切切的雨点
溅起丝丝缕缕的雾岚
瞬间
纯净如初的童年
青涩美丽的初恋
在香甜的空气中曼妙弥散

透过书房的午间阳光

  人都有因挫败而郁郁寡欢、情绪低落,甚至是所谓生命中"至暗时刻"的时候,我当然也不能例外。

  前天被上级批评了,感觉有点憋屈,不太好受。当然,到了自己这个年龄,也知道"通不通三分钟,再不通找毛泽东"的道理。两眼向内多作反省,想不通也要努力想通,这是正途。

  今天中午,几位朋友来家里做客。闲谈时,在大学教书的 S 先生建议,有空时可看看卡尔·奇默关于生物演进方面的书。我问有啥看头,他说看了能够进一步明白人类在地球演进史和地球生物史中是多么地微不足道。

  是吗?我不好意思说自己近日心情不好,只是趁大家打麻将的时候,悄悄溜进书房百度了几篇有关卡尔·奇默作品的文章简介及其核心内容。

  地球在 24 亿年前,因能进行光合作用的蓝细菌的出现和繁殖,大气中的主要温室气体二氧化碳和甲烷被大量消耗,地球急剧降温,进入持续 3 亿年的休伦冰河时期,地球成了类似于木卫二一样的冰球。

距今约 2.5 亿年前，西伯利亚超级火山喷发，持续了大约 20 万年，喷发的岩浆面积达 700 万平方公里，给地球带来了 100 多万亿吨的碳排放，整个地球变成炼狱，火山喷发毁灭了地球上 99% 的生物，90% 的物种直接灭种。

从奥陶纪末生物大灭绝算起，我们的星球一共经历过五次生物大灭绝，经历过持续上百万年的暴雨，还有持续十万年的高温……

如果说人类历史变化是沧海桑田的话，地球演进和地球生物演进的历史就是沧海桑田的 N 次方。

而就是在这样十万年、百万年、千万年、上亿年一半是"海水"一半是"火焰"的剧烈变动和残酷筛选中，我们还是看见了有的生命远比我们所能想象的坚定和顽强，它们在物竞天择中脱颖而出。

看着看着，我不由自主地笑了。

自然何曾向生命许诺过永远恒定？历史何曾向人类许诺过岁月静好？"天地不仁，以万物为刍狗。""夫天地者，万物之逆旅也；光阴者，百代之过客也。"自己哪来那么多的失意、焦虑和担忧呢？上级批评下级不是天经地义的常态吗？即便是批评可能有误，那又会是多大的一点儿事啊？真是有点神经过敏杞人忧天了，几十岁的大男人咋还那么娇气和矫情呢！

举目望向窗外，今天是深冬时节极其少见的晴好天气。我把双脚架在书桌上，眯着眼睛，腆着肚子，半睡半躺在座椅内，任思绪自由飞翔，惬意享受温暖的冬日阳光。

民以食为天。我猜想着今天中午的餐桌上，夫人会做些什么样的菜品来招待客人。

汪曾祺老先生说过，四方食事，不过一碗人间烟火。他对吃事看得很重，就在"文革"后期受挫的艰难日子里，也是一丝不苟地坚持做到食不厌精、脍不厌细，有着苏东坡当年一样的执着和讲究。平凡如我者，也是主张读书之余应该亲手做菜的，而且我一直觉得自己做菜可能有天赋，只因经年累月少于操作，至今暂时还不得要领。但我吃是没有问题的，很能吃，很会品着吃。这样的冬天，找出家中的老窖，同好友一曲宋词一杯酒，学一点苏东坡的豪放和洒脱，这平凡的生命会多一抹亮丽，再冷的冬天也会因人间烟火味而温暖起来。当然，嗅觉更好的朋友，是能够闻得到春天的气息的。

此时，朵朵阳光犹如一群调皮的孩子，微风吹拂下，它们活泼如精灵般在我的书桌上、身上、墙壁上撒着欢儿，撩拨得我心痒痒的，舒服至极。

哎，何不尝试着剪一段午间阳光，握一路温暖柔情，写一首有一点童趣、意趣和妙趣的小诗呢？写成了就权当添加一道下酒小菜，一会儿后奉献给朋友们小酌助兴，这样的周末时光，岂不妙哉！

透进书房的午间阳光

好像隔壁那个三岁的孩子
天真又快乐
机灵又淘气
骑着锦鲤
在鱼缸的大海上游弋
亲着花瓶
同腊梅的清雅嬉戏
应着风的旋律
在窗帘上魔幻般蹦极
然后　顺着书桌
蹬鼻子上脸
占领我头顶荒芜的原野
打着滚儿欢喜
想伸手制止
又觉无奈无语
倦意沉沉
慢慢睡去
梦中
月朗星稀
那片原野
已长不出诗句
而强光下的花白衰草

似正泛起返青的绿意
　唉，怎么说呢
那个精灵般的顽皮孩子

好看的书并不仅止于封面和开篇

因为防控新冠疫情需要，2021年3月，我所在地区一年一度的"两会"（人代会和政协会）史无前例地采取了我称之为"物理隔离"的全封闭方式进行。

这是科学和正确的选择。表面看会增加一些会议成本，但如不这样，稍有不慎引发了疫情传播，导致封城和经济社会发展被迫按下暂停键，其损失之大，与会议成本支出相比就完全不成比例了。

疫情形势仍然复杂，非常时期采取非常举措开会，人民代表和政协委员们当然支持配合。但连续多天在空调环境内工作、学习和生活，人们心中也多少有一些憋闷和失落。

恼人的是，那些天的渝中半岛天气格外明媚，窗外桃红李白，草长莺飞，处处洋溢着万物复苏的盎然生机，真是撩拨得窗内的人心痒痒啊。伸手可及却成了可望而不可即，春天在外面，人在里面，一层玻璃把我们同春天隔成了两个世界，而我们暂时还只能忍耐不能投入春天怀抱的不爽，这让人感到很是无奈。

但为了长远和更大的利益，我们必须承受暂时的不自由，放弃近在咫尺的小满足。大家都知道，充分的自由和延迟的满足必将会比眼前更加五彩斑斓、滋味绵长，那才是根本和长远的，才是我们更需要的。

其实，这个道理岂止适用于新冠疫情期间的开会人，我们普普通通的每一个人又何尝不应该是这样的呢？

想得到，就要有付出；想得到更多，就要付出更多。

想自由，就要接受约束；想得到长远的、更大的自由，有时候就应当主动放弃一些个人的小自由。

每每耳闻目睹身边那些智商、情商、财商更高的人还在比自己更辛勤地付出，更自觉地自我约束时，我有时会生出"还要不要我们活啊"的感叹，当然，接下来，我更多地是会从那些优秀的人想到"延迟满足效应"的道理。

人生一世，不同的年龄段都有各自风情万种的美好。面对这些美好，每个人都会有"够不着，却又看得到"的纠结，正所谓"一层玻璃，两个世界"。如果我们不付出却想得到，想自由又不接受约束，或者急功近利且用力过猛，那一层玻璃就会变成一堵冰冷的墙，把我们和春天隔成两个世界。

相反，如果我们能够把握好得与失、自由与约束的关系，层层打夯，步步为营，一步一步坚实地走，把该备的功课备足，把该做的细节做到位，那一层玻璃就会成为美丽的桥梁，我们就能够从里面走向外面，从封闭走向开放，我们就一定能够拥抱更加绚丽的春天。

书的开篇和封面很重要，但一本有品质的书，又何止于漂亮的封面和开篇呢?

望春

春风温柔无可拂面
春光明媚难闻香甜
春景绚烂无法融入其间
春水初盛不能滋润心田
一层玻璃
两个世界
够不着
却又看得见
有点讨厌
又很是爱恋
自由
有时需要主动设限
延迟的满足
就像一本好书
魅力
不在开篇
也不在漂亮的封面

花落叶生美人梅

北京的 X 先生是当年一起到德国培训时的大哥。他于周末收到了我寄赠的新书《灵魂之趣：心灵与大千世界的对话》，便打来电话说收到"老友新作"感到很高兴，翻看时开初并没怎么在意，"可读了几篇后，就有放不下手的感觉了！"看了两个多小时，觉得有必要先给我打一个电话说说感受，然后再往下看。

这位解放军儒将大帅哥对书的评价蛮高，认为文风真挚朴诚，文笔优美流畅、风趣幽默，深沉浓烈的家国情怀扑面而来，从看了的篇什已感受到了书的品质和厚度，像《月亮房》等篇可能会成为有"长久生命力"的好作品。他感叹这样的书现在较为少见，建议我有机会时一定要四处走走，多走多看，他相信我的作品一定会更有味道，更有生命力，并说最近他会来一趟重庆，到了一定来看我。

这位仁兄还对我寄予了很高的期望，但我认为期望脱离了我实际的能力，在一边旁听的夫人也笑着说那不可能，你肯定会辜负将军的。我便真诚地感谢他老兄的鼓励，表示书写很快乐,一定会坚持,并盼望他早日来重庆。

这时,有朋友发来在书店购买《灵魂之趣:心灵与大千世界的对话》的照片给我,有的还附有感言。

一所知名学府的Y女士说,这本书于她而言是"2021年春天最早最好的礼物"。

同事Y女士说,她很喜欢书的封面设计,雅致的灰色,沉静、深沉,而铺展开来阅读,"一首首诗,如歌般低唱轻吟、高亢炽热,似水般恣意流淌、清亮澄澈,白云般自如挥洒、简单纯洁,目之所及,心之所悟,深深浅浅,五彩斑斓,真好!真喜欢!真难得!只愿能永远让诗情填补那长长短短的时间,以真诚充满这有些凉意的世界。感恩!感喟!感叹!感谢!"

我赶快回复,谢谢她的慷慨鼓励。

同事H先生说,他已粗略浏览了一遍,看到书的第260页、333页说到的那些事很亲切。诗歌加散文的形式,让读者领略了诗歌背后故事的有趣和耕作的艰辛。

M先生说:"皮囊好看千篇一律,灵魂之趣万里挑一!"

C女士慨叹:"为世界点灯何其快乐!"

朋友们的鼓励让我甚为感动。有他们的鼓励,我乐于继续以这样的方式来呈现自己对生活和生命的体验,来呈现自己对伟大时代的关心和关注,来呈现自己对心灵与大千世界互动的领悟,努力发现和提炼人间的生趣、意趣、乐趣和灵魂之趣,献给我的朋友们。

正当我有些陶醉想入非非之时,老领导X先生发来"做人须有归零的心态"：

所有的成败相对于前一秒都是一种过去。过去能支撑未来，却代替不了明天。学会归零，是一种积极面向未来的意识。把每一天的醒来都看作一种新生，以婴儿学步的态度，认真用好睡眠以前的时刻。归零，让坏的不影响未来，让好的不迷惑现在。

这是多么精辟有力的生活提炼，多么清醒深刻的人生哲理啊！

我情不自禁地拿着手机走到窗前，又细读了一遍。

窗外有几棵美人梅，近些天来，繁密的花朵包裹着大小枝丫，浓而不艳，妩媚多娇，令人目眩神迷。可昨夜一场罕见的风雨，它们满身的粉霞几近零落成泥，然而，花落叶生，那些红色的枝干上今天早晨似乎已可见星星点点、红红嫩嫩的叶苞了。

花开花落，是生命的经历，也是生命的懂得。"无可奈何花落去，似曾相识燕归来。"当我们在为美丽的花朵凋萎惋惜时，"先花后叶"的嫩叶令人欣慰地萌芽了，万事万物就在这惋惜与欣慰的交织中轮回着。

花的凋零是花的失败还是花的胜利呢？

有的时候，勇于归零，从零出发，那种彻底的放弃会让勇敢的人拥有崭新的世界。

美人梅

昨夜风雨
一树繁花碎了一地
就像绽放时一样
整齐划一
看不见一朵当初的美丽
看得见星星点点红红嫩嫩满树欢喜
花的失败
是花的胜利

被生活蹉跎着热爱生活

一个风和日丽的假日，陪几位儿时玩伴游览了重庆闻名遐迩的大礼堂和朝天门广场来福士连廊，然后到嘉陵江边找了一处清静地吃火锅。

游玩高兴，加上几瓶啤酒下肚的兴奋，大家摆"老龙门阵"，时不时地调侃起了几位儿时玩伴在生活重压下的种种不堪。

说是张三现在越活越"精细"了。同学间吃"转转饭"，周末轮流着到各家打麻将玩三六和字牌，然后实行ＡＡ制，每个人各带一两道菜或买一两样菜来一起"打平伙"。张三每次带来的都是霉豆腐（豆腐乳），买菜也是买市场收市时最便宜的大白菜，不会买稍贵一点的生姜、海椒等，更不用说鱼奶蛋禽了；而轮到去他家时，他总是端出家乡传统的四大"座菜"：霉豆腐、水豆豉、酸萝卜和大头菜（青菜头做的咸菜）。

这"座菜"中的"座"字通"坐"意，因其高盐高辣成本低廉不易发馊变臭，所以多少年来"坐"得稳餐桌。在过去物资匮乏的年代,家家户户生活差不多一样困难,可人们又要撑起热情好客、桌席好看的面子,四大"座菜"遂得以不变应万变,餐桌上的C位地位纹丝不动,牢不可破。

说是李四现在越活越会"节约"了,经常得到比他小16岁的老婆的表扬。最典型的事例,是他每天早晨起床后就急匆匆地往单位赶,洗漱、如厕、吃早饭都在单位完成,仅每天早上节约的马桶冲水量就至少8升,同时还顺便成了他们单位上班最早的人,时不时地得到领导称赞。"内外皆修""两头吃糖",他自己的感觉也越来越好了。

说是王二现在越来越不被大家待见了,原因是他越来越"爱占小便宜"。到了别人家里,打牌赢了没事,输了就乱来,发脾气,骂人;看到别人家什么好,就想着往自己家里拿,有时不打招呼便把一盒好烟、一个好看的打火机或者一把精巧的水果刀什么的"顺走"了,弄得大伙儿说也不是不说也不是,都不喜欢同他玩了。

说是刘五现在越来越"两眼向上"看不起人了。当上处长后同学聚会就很难请动他了,不是说中午才同甲领导吃饭,就是说晚上还要同乙领导喝酒,或者说正在加班修改材料,马上要去北京或重庆开会,有一年春节放假中也说马上要去市外交流经验;他的娃儿送到国外读书若干年,说是不回国了却又回来了,有老同学关心询问,他或不屑一顾,或讳莫如深,也不允许小孩子之间往来,搞得大家不舒服,说是有些堵心。

说到这里,大家一片唏嘘,纷纷感慨世事无常,人生不易。一位做中学语文教师的同学说，唉，我们都是穿开裆裤一起长大的老同学，几十年下来一个二个都变了，这都是生活逼迫的结果。鲁迅笔下的闰土和阿Q，开初不都是好好的吗？后来走着走着就变味变坏了，变成"精神胜利法"了，生活塑造人，命运捉弄人哟！

是啊，我们每一个人从踏入社会的那一天起，哪一个不是一直处于不断积累，不断认识，不断调整，不断适应，不断同让人百感交集的生活握手言和的过程中呢？昔日同窗今朝表现出来的那些行为，都是这个过程中的阶段性状态，环境条件不变，难有新的改变；环境条件变了，自然会不断改变。

如果张三在财务上能更加自主一些，同学聚会AA制时他还愿意每次都只买大白菜或只端出传统"座菜"来招待同学吗？

如果李四精通财富不仅靠节约更要靠创造的道理，每年能够通过投资理财来切实增加收入补贴家用，他还会为了节约那一点冲洗马桶的水而甘愿顶寒风战酷暑，一年四季每天早上少睡一个小时吗？

如果王二能够提高修为并学会一两项合法增加收入的技能，他还会输牌就发脾气骂人，还会如鲁迅笔下的闰土，趁着运草灰把埋于草灰中的"我"家的十几只碗碟一并拿了去一样，"顺"走别人家的小东小西吗？

就是那位当官的刘五，如果他能够进一步拓宽眼界，放大格局，还会那么沾沾自喜于过眼烟云般的蜗角虚名，还会在与少儿时期的朋友交往中那么自以为是地虚荣势利吗？

人是环境条件下的人，环境条件更好更规范一点，人性的弱点会得到更好的抑制；环境条件差一点乱一点，人性的弱点会被进一步放大，甚至人不成其为人。

其实，几位少儿朋友身上那些看起来可笑可悲可叹的毛病，我这个在重庆主城区生活了三十年的"老同学"身上也同样存在。

比如，朋友请吃，我会问有哪些人参加，认为没有意思的饭局，一般也会找托词告饶请假；逢年过节发问候微信短信，重要的对象，我一般会点对点地单发，对其他朋友，则多是"打批发"，"重量级人物"回了信息，自己还会心头滋润好一阵等等。这里面不也有为人处世上的功利算计和"精神胜利法"的影子吗？

好在形势比人强，大时代的巨变让有幸与大时代为伍的每一个人都在与时俱进，都在自觉不自觉地跟着大时代持续地向上向善向好。但因变化太大，节奏太快，我们的思想和能力准备明显不足，面对这个最好的时代中生活相对沉重的一面，我们有时候真的是无可奈何，无话可说。

当然，生活仍将继续，我们这些被生活蹉跎和折磨着的人仍然会一如既往地热爱生活，仍然会为着高品质的生活一如既往地勇敢向未来。

天真自然的少年闰土不在了，人们看见的是被世俗生活塑造出来的面目全非的油腻的中年闰土。

夜深人静时，我常常强烈向往鲁迅笔下那片海边碧绿的沙地和深蓝的天空中挂着的那轮金黄圆月，强烈向往那个

"西瓜地上的银项圈的小英雄的影像"。

有时候我会天真地想：可否依靠现代科技让中年闰土返老还童回归纯真呢？如果可能，我建议高技术手段一定要借用著名诗人傅天琳的创意："我们这些锈迹斑斑的大人／真该把全身的水都拧出来／放到三岁去过滤一次。"

若能如是，张三、李四、王二、刘五，还有我，以及其他同学朋友，我们都能够"放到三岁去过滤一次"，洗去满身成年人的尘垢，回到干干净净的童年，人生能够从第二个童年再出发，那我们叠加了两个童年的情谊将会变得多么的纯洁和坚韧，我们又将会创造出多么美好的生活和拥有多么精彩的人生！

半岛暮春

阳光洒遍大礼堂的草坪
草坪青青是阳光美丽的精灵
东风吹绿来福士的空中树林
空中树林凝成了长嘉汇独特的风景
天空放晴解放碑前鸽哨阵阵
朝天门外百舸争流云淡风轻
珊瑚坝的孩子还在放飞风筝
梦想和童话写满了孩子的眼神
好想在那眼神中作一次彻底的沐浴
身心也变得孩子般的纯净和清新

其实我很想真正懂你

Y先生是一家杂志的专栏作家,近日看了我的小诗《懂你》后,发来一则微信:懂你,不需要风情万种,不需要梦幻奇缘,只需要读一首你的诗,看一眼你的眼……

我立马回复:我可是有名的"豆豆眼"哟。

"豆豆眼",就是对眼、斜视,眼球运动异常,视觉出现障碍了。不管他同我之间关系有多好,我病态中的眼睛,他就是看上一万次也未必"来电",更不要说做到"懂你"了。

我在自我调侃,也是在开他的玩笑,懂我的老友不会介意的。

几乎同时,看过小诗的Y女士也发来信息:情在墨里,念在心间;懂你,无需掩饰,不用解释,有接纳的胸怀,自有一份默契,一份灵犀;又一个诗意盎然的周末,心情翩翩起舞……

Y女士写得才是真正的美哟!

善良的愿望柔软的心,细腻的心思浪漫的情,诗情画意中,每一个人插上想象的双翼都可在属于自己的伊甸园自由飞翔。花开花落春依旧，岁岁年年人安好，人生有的时段似乎是可以不食人间烟火的，借用一位天津小帅哥 W 先生鼓励我的话，那真是"懂你"的回环流转、余音绕梁、情意绵绵，"懂你"的言有尽而意无穷。

真实的人生有这么轻飘飘的天真烂漫吗？

不能说乌托邦式的幻象无一不被现实的骨感戳穿，但毫无悬念的是，在远比我们所能想象的复杂多变更加复杂多变的世界面前，我们的人生绝无可能如一首小诗那么天真简单。

"豆豆眼"看见的世界不会是正常人看见的世界。那么，所谓正常人看见的世界就一定是客观、真实、全面的世界吗？

生命科学家施一公说，人类接触的物质可分为三个层面，第一个层面是宏观的，人类可以直接看到、感知到，比如房子、车子；第二个层面是微观的，眼睛看不到，可以借助仪器或测量感知，人类直觉上认为它存在，比如原子、分子；第三个层面是超微观的，只能理论推测、实验验证，但人类从来不知它是什么，包括量子、光子等等。人类已知的物质世界的质量在宇宙中只占4%，其余96%物质的存在形式是我们不知道的，那些统称为暗物质和暗能量。他认为这个世界是超微观世界决定微观世界，微观世界决定宏观世界，并由此推断，除了视觉、听觉、嗅觉、味觉、触觉外，还有第六感觉存在，意识也可能是物质存在，那么，所谓灵魂、鬼、神也可能存在。

我们知道，"豆豆眼"大多是可以治愈的，三岁以前更好矫治。生命科学发展到今天，不断刷新人类对自身和人类与外部世界关系的认识，而且认知能力还可能很快会上升到一个全新的大台阶，这真让我们为人类的科学探索精神和更加美好的前景而欢欣鼓舞。

同时，我也为迄今为止自诩为"万物之灵长"的人类对物质世界的认识极其有限，有时又自以为是而无语。对世界如此未知，从某种意义上说人类尚处于襁褓之中，我们有什么理由可以夸夸其谈呢？

春末以来，巴渝地区便多起了夜雨。凭窗望去，一夜风雨后，小区花园里那些桃花李花和美人梅昨天还灿若云霞，今天已几无踪迹。

虽有点伤感，细想又释然。公园如美人，眉心不能紧锁，而应时时舒展成笑脸，不同的时段应有不同的灿烂。无论有多么的美好，朵朵玉英也不能花开无限、永不凋谢，否则就没有新嫩叶子和鲜美果实的时间和空间了。

所有的凋谢都是在为繁盛预演，所有的离去都是在为归来作铺垫。该走的走，该来的来，吐故纳新，新陈代谢，这样才可能更加"懂你"，才可能永续发展。无论是主观世界的情感认知，还是客观存在的宏观、微观、超微观世界的探幽发微，细细想来，应都是这个理吧。

懂你

懂你天空蔚蓝
懂你大地绚烂
懂你风情万种的浪漫
懂你巴山夜雨奇缘
懂你春水初盛柔软
懂你骤然绽放香满园
懂你忠贞不渝从前慢
懂你殷红凋零杜鹃
懂你鹧鸪声声清寒
懂你衣袂飘飘翩跹
懂你眉眼惊艳淡淡愁怨
懂你过尽千帆花儿少年
穷山距海
无远弗届
懂你年复一年
思念温暖
温暖思念

"洗心洗诗"去平庸

我的诗写得怎么样？存在什么问题？今后应当如何努力？这是自己很关心却又不太有底气的。

2021年4月28日上午，在重庆出版集团18楼会议室召开"洗诗洗心、求真求是"——《灵魂之趣：心灵与大千世界的对话》新书研讨会，我们这个城市部分顶尖级的诗人作家专家学者就我的新书做了比较深入切实的研讨和评价，文艺报、重庆日报等媒体作了报道，我很感动也很感谢。

"成绩不说跑不了，问题不说不得了。"本着问题导向、目标导向来琢磨，梳理归纳起来，新书中的诗文主要不足和专家们的意见建议如下：

一是有无必要必须"每周一歌"。公务员写诗有时是尴尬的，同僚中有人可能说你想出风头，文人中有人可能说你不务正业，这就要求所写诗作应力求做到有品位、高质量；一周时间写一首有品质的诗是比较难的事，难以做到就没有必要每周都写。

二是朋友们对作者诗文的称赞出现在书里不够妥当，这可能带来负面影响。有的朋友同作者的交流可能是一对一地进行的，如果要他面对读者说话，人家可能就不说或者不那么说话了。

三是诗人靠诗歌说话，建议考虑出一本精选诗集；同时鼓励作者持之以恒地坚持写，这是对意志品质的考验，为了走得更远，必须长期坚持。

人都喜欢被认同、被关注、被赞扬，都不喜欢被拒绝、被忽视、被别人指出缺陷和问题，这是人的天性使然。老实说吧，听了各位专家的批评和建议，我的脸上是有那么一点儿火辣感的。三条意见和建议确实很有见地，体现了对我创作的真切关心和爱护，自己必须照单全收、切实整改。特别是第二条，自己虽然做的是与各行各业朋友之间真实鲜活的互动记录，但换一个角度看，确实可能有"表扬与自我表扬相结合"之嫌，反映出的是自己内心深处还没有理顺和摆正自己与他人、小我与世界的关系，脑子里或多或少有自大和虚荣的一面。

山外有山，天外有天。自己到底算什么呢，森林里的一棵草？大海里的一滴水？宇宙中的一粒微尘的某个原子分子？写诗要有境界，人生态度很关键，一定要自觉理顺关系，摆正位置，洗诗洗心，求真求是。正如著名诗评家吕进先生鼓励的那样，要跳出常态"个人"的庸常，超脱进入少了世俗牵挂的"诗人"状态，用"米"酿出醇香的酒来。长此以往，自己才可能写出更好一点的作品，为诗文的百花园贡献出一缕色彩。

衷心感谢参加研讨会的各位诗人作家专家学者对我的热忱帮助和有力鞭策！

人生

江河是海洋的细节
星辰是宇宙的微粒
而我呢
是大树的一枝一叶
是江河的一点一滴
是星辰的一丝一缕
婆娑世界的偶遇
籍籍无名的小诗
融入森林
融入海洋
融入宇宙的无边无际
平滑如玉
悄无声息

长城不是柏林墙

这个标题是自己为庆祝中国共产党成立100周年写的一首小诗中的一句。看了小诗的几位中共党员好友说，诗中也就这个句子提炼得好，其他句子可有可无。

我不太服气，可转念一想，人家也还算厚道，有那么一句被说好那也是好，没有全盘否定嘛。

"长城不是柏林墙"是一种比喻的说法。

这里的长城，我想表达的是我们党、军队和国家的主要缔造者毛泽东在1939年于陕北延安提出的党的自身建设"伟大工程"和新时代"新的伟大工程"，这是我们党、我们国家、我们中华民族牢不可破的"万里长城"。

这里的柏林墙，指的是德国柏林那段当年在一夜之间建成，又在一夜之间坍塌的墙体及其象征意义。2008年底，我曾在凛冽寒风中于柏林墙遗址公园徘徊和沉思良久。

20世纪苏东剧变后的90年代初，全长155公里的柏林墙被拆除，仅在不远处二战时期原希特勒盖世太保和党卫军的巢穴所在地附近保留了几百米。保留的墙体残破不堪，上面有五颜六色的油漆痕迹，涂抹的字迹还依稀可辨，有人说上面写有"恐怖地带"等字样，有人说上面的涂鸦是为了纪念那些命丧黄泉的越墙者。

柏林墙是二战后冷战加剧的产物，它承载着德国人民的巨大痛苦，也承载着世界人民对冷战时期东西方尖锐对立的共同记忆。

1945年后，美英法三国和苏联分头占领了德国并分区占领了柏林。其本意，是避免德国再次成为战争策源地。可由于东西方的根本对立，四个国家无法就德国的和平方案达成协议，而是把自己的占领区当作自己的势力范围。苏联占领的德国部分成为民主德国即东德，美英法占领的德国部分成为联邦德国即西德；柏林也分成了苏联和东德控制的东柏林和美英法控制的西柏林。其后，由于经济社会发展等方面原因，由东德前往西德和西柏林的人日益增多，为防止局面失控，东德政府于1961年8月某一天深夜，果断而迅速地在东西柏林之间、西柏林与其他东德地区之间修建了围墙，继后，又于1964年和1981年多次加固、加高围墙，可仍然挡不住越来越多的叛逃者不惜性命、前仆后继逃往西德。1989年11月9日，东德宣布允许公民申请访问西德，被迫开放柏林墙。1989年11月9日至19日，十天内包括以探亲游览等各种名义前往西德的东德人竟达1000余万人，占到东德总人口的三分之二。1990年6月，东德正式决定拆除柏林墙。

看着遗留下来的那段柏林墙的断垣残壁，当时我想得最多的是邓小平在 20 世纪 80 年代说的名言：不发展或者发展不如人家快，老百姓一比较就会出问题；发展才是硬道理。

想起柏林墙一夜之间建成、一夜之间坍塌的惨痛教训，我至今仍然坚信，包括东德在内的苏联和东欧一些社会主义国家亡党亡国，其根本原因是发展出了问题，经济和社会发展的速度和质量出了致命的问题，执政党自身的建设和发展出了致命的问题。

没有比较就没有鉴别。柏林墙拆除已过去三十多年，在建党 100 周年之际来做一些比较思考是很有意义的事。个人观点认为，百年大变局下的当今世界之所以呈"西降东升"的总体态势，最根本的就在于我们党始终坚持初心，践行初心，用稳中求进的高质量发展赢得了民心。

我们党从登上中国政治舞台的那一天起，她的初心就是始终不渝为中国人民谋幸福，为中华民族谋复兴。从那一天起，中国人民在精神上由被动转为主动，中华民族开始艰难但不可逆转地走向伟大复兴。无论是顺境还是逆境，我们党始终坚守初心不动摇，赢得了人民的衷心拥护和坚定支持，也才有了从建党的开天辟地，到新中国成立的改天换地，到改革开放的翻天覆地，再到党的十八大以来党和国家事业取得历史性成就、发生历史性变革，社会主义中国以更加雄伟的身姿屹立于世界东方，中华民族迎来了从站起来、富起来到强起来的伟大飞跃。

说到这里，又不能不提到伟人邓小平。他在 20 世纪 50 年代初于重庆主政西南局工作时提出重庆建设的核心理念是"建设人民的生产的新重庆"。什么是新重庆？把人民放在一切工作的第一位，千方百计把生产发展起来，发展才是硬道理啊！

这句话镌刻在渝中半岛佛图关公园向街面的山崖上，至今仍清晰可见。

历史发展到今天，世界上没有什么力量能够颠覆我们的党和国家，真正的也是最大的危险和威胁是来自内部的腐败。鉴于"苏东"的深刻教训，为始终保持党的先进性和纯洁性，我们党着眼于加强执政党的自身建设，扎实推进"新的伟大工程"，坚持自我革命、刀刃向内，敢于刮骨疗伤、壮士断腕，不断增强自我净化、自我完善、自我革新、自我提高的能力，确保党不变质、不变色、不变味，使我们党始终成为坚强的领导核心。

撼柏林墙易，撼中国长城难，"万里长城永不倒"。中国的崛起并没有如美国的福山之流所预言的那样终结。我们党胸怀千秋伟业，恰百年风华正茂，只要坚守初心，就必将永远立于时代潮流最前列，永远立于不败之地，在顺应世界大势中胜利实现下一个百年目标，不断书写中华民族的千秋伟业。对此，我们有着必胜的信念。

初心
—— 中国共产党 100 周年华诞感怀

欧罗巴的幽灵恋上东方
星星之火把茫茫夜色点亮

筚路蓝缕一百年
自带光芒
你长成今天模样

长城不是柏林墙
终于
人们嗅到了玫瑰花和紫罗兰不同的芬芳

历史终结了吗
又一个百年
我将无我
梦想之花静静开放

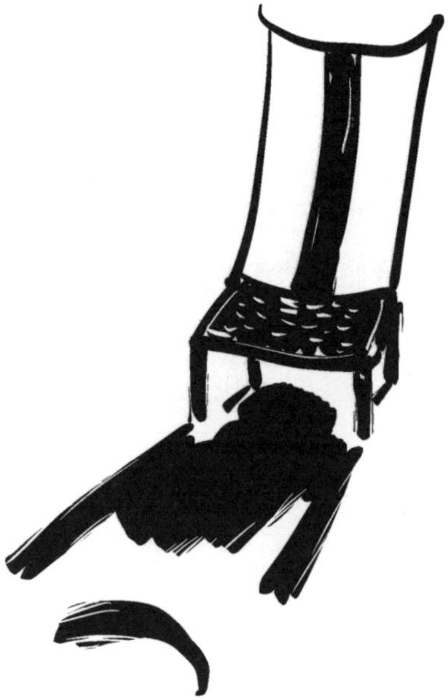

云天随想

三十年了，总想从空中相对完整地看看自己生活和工作的渝中半岛，可因航班时间和天气等原因，一直未能遂愿。这天，终于如愿以偿，却似乎添了"才下眉头，却上心头"的纠结。

夏季的一天，去北戴河公差。18时，所乘航班正点起飞，航线从重庆主城上空擦边而过，遂得以临窗俯瞰。

夕阳洞穿低空斑驳的乱云，洪水中的长江和嘉陵江看上去若斗折蛇行的浑浊溪沟，所环绕的二十多平方公里半岛显得狭小又逼促；世界级密度的广宇高楼，如同小孩办家家垒起的层层叠叠的灰黑色积木，整个半岛头小尾大，仿佛一艘满载货物的集装箱船，正于两江汇合处负重东行。

这就是我一直如恋人般挚爱着的渝中半岛？

不及多看多想，不到10秒，城市便随着飞机的转弯拉高而渐行渐远，倏忽间无影无踪，我心头陡然涌起难以言说的落寞和感伤。

渝中半岛，这座承载着巴渝三千多年光荣与梦想的重庆母城,这座二战以来英雄般屹立于大山大水间的历史名城,只因变个角度拉开视距由上往下看,咋就成了这般平常,甚至是有点凌乱、有点不堪了呢?

我心不爽,恰似重庆这个季节极端高温高湿条件下的郁积和闷热。

飞机继续向上爬升。舷窗外是令人沉闷的灰褐色云层,信手拿起航空杂志,漫无目的地翻了几页,便把目光再次转向窗外。

穿云破雾,飞机已升至正常飞行的八千米以上高空。蓝天如洗,一碧万顷,犹如浩瀚大洋。高天上的云,一朵朵、一团团、一堆堆,或淡或浓,或低或高,或远或近,在湛蓝的天宇中,恰似北极洋面那些大小各异、厚薄不均的冰山,只是显得更加无边无际,更加宏阔辽远,让人产生无限联想。

空中看山城,少了"意义"层面的神圣和崇高,渝中半岛上的创新创造便成了江边山上人类生存的一般印记;高空再鸟瞰,连那一般印记都已消失殆尽,有的是海蓝色的天宇和洁白透亮的云海,目力所及,无限澄澈,它只属于天。

假如这飞机是窗外的一片云,假如我也成为窗外的一片云,这苍茫云天间,今夕何夕,知向谁边?而在这云天之上,假如真有类人或超人的宇宙文明,那些"高人"从不胜寒的更高处俯瞰,又会对我们引以为豪的地球文明作何评价呢?

与"大叙述"相对照的是微观世界。比如,在昆虫的天地里,一丛乱草便是森林,一滴朝露便是江海,一粒小米便是它们的天下粮仓,人类的一天可能是它们的一年,而一个季度可能就是它们的一生。这些"小人物"会对人类文明（且不说宇宙文明）的那些事儿作何感慨呢？也许，昆虫世界之于人类文明，恰如人类文明之于所谓的宇宙文明？

层面不同、维度各异，时间相左、视角有别，不同事物和同一事物的不同阶段往往是不一样的，也是不可比的。

这样看世界，似乎有些消沉。当然，超拔出来，站上哲学层面来考量，却又是一切相通，万事可比的。

大千世界，包括你我的人生，由盛而衰，由生而灭，一切皆是过程；过程中在特定时空里所呈现的功能、地位和作用，客观上便给出了可作比较的价值和意义，这正所谓有无相生，难易相成，长短相形，高下相倾之谓也。

比如人生，从终极价值去看，人生归宿，人人平等，无论贫穷富有，不管尊卑贵贱，最终都是不可抗拒地完全相同；但不同的人和不同的人生，意义层面的内涵和外延确实是相同之中有不同的。

人生就是没有回程的单向旅行，其意义就在于"打望"沿途的风景，在于人与人之间，在于人与集体、与地区、与民族、与国家、与世界之间互为"打望"的风景。沿途走下来，不同的人的心灵感受和记忆能够一样吗？回答是否定的。世界上没有两片相同的树叶，世界上也不会有两个意义完全相同的人生。

是这样吗？窗外天光暗淡，已是农历的六月下旬，咋不见那一弯下弦月呢？

"今人不曾见古月，今月曾经照古人，古人今人若流水，共看明月皆如此。"唐朝的李白,真正是百炼钢化为绕指柔的大诗人啊!融古通今,穿越千年,他"打望"自己心目中明月般高洁的古人,他也被我们当成明月般高洁的古人和心有灵犀的至交来"打望",想着这不朽之诗千百年来带给人类的审美愉悦,应就是李白孜孜以求的生命价值和人生意义吧?

纠结也罢,释然也好,其实,那座城还是那座城,那片天还是那片天,大千世界仍然按照其内在规律在千变万化,悲天悯人完全是境由心造、自作多情,有意义吗?

去北戴河需取道天津,快到天津的滨海机场了,不能再神游八极啦。东道主是 A 先生和 S 先生,先前有约,一俟落地,三人结伴直奔意大利风情街,去慕尼黑啤酒馆畅饮日耳曼原装黑啤。

今夜,酒醒何处无碍,好友举杯,但愿与那轮穿越古今的明月为伴,因为,有明月就有诗意,有诗意就有美好的人生。

初夏之夜

新月一弯
恬淡超然
别样的渔舟唱晚
别样的水乡江南

不能自拔
我沉醉其间
说来惭愧啊，今夜
在这个无声却喧哗的世界
万物在蓬勃拔节
千帆正驶离港湾
而我只关注静默和靠岸
只想把漫天星光
弯曲成一抹
辽远纯净的幽蓝

月光小院

最近几天,盛夏的重庆"火炉"开始发威,恰逢我们单位事情多任务重,工作节奏比较快,自己感到体力和精力都有些透支,加之房贷、车贷的重负,压力有些山大,人也就有些焦虑。

很想找人诉说,可细思又觉不妥。

年轻的时候,自己总是高估自己的价值和影响力,常常喜欢主动找人倾诉,也不管别人的感受,自己一个人在倾诉中自嗨,陶醉于变相的精神胜利法中。

在市场经济条件下,哪个愿意把宝贵的时间用于听你祥林嫂式喋喋不休的唠叨呢?自己那点儿说不清、道不明的苦和累,就应该由自己作为"第一责任人"勇敢地扛起来。

所以,就是面对至亲好友,说苦叫累的话尽量不说,确实要说也要好好说,最好是说于人有用的话,少发牢骚少抱怨。有一点应当想透,那就是与其说靠诉说博取几句不痛不痒的同情和安慰,还不如换一种方式苦练内功发愤图强,切实提高自我解决矛盾和问题的能力,这对自己会更加实际和管用。

早些年,曾去过杭州灵隐寺,那副对联写得太好,至今记忆犹新:"人生哪能多如意,万事只求半称心。"不如意是人生常态,事事顺是人生意外,无论何时何地何事,能够做到"半称心"就真的是了不起啦。

还有一句烂熟于心的民间谚语:"不如意事常八九,可与人言无二三。"苍穹之下,我们不顺心的事多的去啦,但可以告诉别人的话能有多少呢?很少很少啊!也许每个人都有难言之隐,也许每个人都意识到了逢人诉苦要不得,动辄添乱不礼貌,不然这些洞悉人心、洞穿人性的话怎能流传千年而引发共情共鸣呢?

经历一些人情冷暖、世态炎凉后,自己在遇到堵心事时,不再喜欢诉说,而喜欢以自己的方式来缓解压力妥善处理。

通常的做法是,自驾回老家或到近郊乡下,找一处朴野清静之地,把座位调整到确保自己舒舒服服半躺的位置,然后聚精会神地读听几段隔断红尘的诗文或音乐,打个盹儿后,弃车步行,用脚去丈量那些山水林田湖草沙,用诗文音乐去观照大自然的细节和质感,用大自然的细节和质感去观照诗文音乐和自己的内心。一般地说,只需半天左右,郁结的负面情绪即会大为缓解或治愈,运气足够好时,还可顺便写出一首带有青草气息的小诗来。

这个周末,为舒缓心头之堵,我开车去的是有"东方阿尔卑斯"美称的南川金佛山麓的一个小镇。循着自己减压去闷的方式和步骤走,我最感惬意的,是在森林里穿行两个小时后抵达了那个美丽的目的地小镇。

小镇群山环抱，周边峰峦峻峭，森林葳蕤，悬崖峭壁间时有飞瀑流泉奔泻，一条淙淙流淌着清亮泉水的小河穿镇而过，风景优美灵动，恍若人间仙境。

时逢盛夏傍晚，落日斜晖把层层山崖映染得金碧辉煌，如一尊金身大佛透射出万道霞光，奇异的壮观美丽给小镇披上了绚烂的霓裳。此时，西边天际升起了一轮新月，呼应着即将消逝的晚霞，散发出温雅曼妙的柔光，在盛夏时节极其罕见的日月合璧奇异天象下，金佛山的小镇显得格外宁静和安详。

进入小镇，溶溶的月光下，古树和小桥仿佛自带几分诗意，涌泉流水氤氲的薄雾若灵动的天籁，渝南风格的民居房舍齐整有序，街面青石古朴厚重、锃亮鉴人。老街深处，猜拳行令的酒楼洋溢出浓浓的人间烟火气息，而柴门半掩的小院里，时不时有琴声伴随着奇葩佳卉的馨香弥漫开来。我不禁问自己：这是在人间还是在仙境呢？

抑郁和焦虑没了踪影，我完全沉浸在童话般小镇的清新和美丽中。李泽厚的美学观点得到了印证，月光、雾色和酒气三种物质模糊了物我界限。月光之下，物我相忘，诗与歌的韵和律、月与花的影和香，相互贯通融合，各美其美又美美与共，美丽的月光、美丽的小镇、美丽的人们，浑然天成巴山渝水的美丽画卷。

眼里有景，心里有光，笔下便有情。梦与幻间，我写下了小诗《月光小院》。

终于
走出了那片森林
月光皎洁朗润
轻叩柴门
却不忍踏进
怕惊扰那一地童话的清新
惊扰诗的美丽纯净

良久伫立
兀自犹豫
屋里有灯,月光般温馨
还流淌出淙淙山泉的古琴声
还伴有袅娜曼妙的歌吟
依稀间,还可见三角梅沉思的疏影
沉思中洋溢火红的柔韧

应声入门
欲辨别细分
月香花影,诗律歌韵
不同的世界
已浑然天成

银杏叶般美丽的故事

秋天了,到处都是成熟的果实,到处都有成熟的故事。

周末小聚,几位体制内的朋友讲起了其身边一些经历阅历比较丰富的领导在实际工作中如何"领"和"导"的鲜活事例。

一位说,他们的"一把手"很讲究领导艺术,要推动一个工程或要"枪毙"一个项目,他都会高度重视把过程中的重要细节工作做实做细做到位,实现科学民主决策。他一般会先找分管领导和部门负责人单独谈话,把相关情况的前世今生,来龙去脉弄明白,搞透彻,如有必要,他还会去现场或相关地方调研,还会让职能部门找来相关法律法规和政策依据,还会让部门提交利弊得失分析报告,然后才是小范围开会讨论形成共识,再按程序往下一步一步地走。

这样一圈下来,上上下下、方方面面基本上都不会有大的不同意见了,如果还有人有异议,他一定会在议题上会决策之前再次与其"一对一"地谈心交心,统一认识。一切都是自自然然、润物无声,有效的办法很好地服务于他作为"一把手"的想法，最后的决策水到渠成、瓜熟蒂落，大家高兴。

一位朋友说，他们的"一把手"同样厉害，特别是在用干部上体现了高水平。每次研究提拔任免干部事项，从动议提名环节起，他都会亲力亲为、示范指导。比如，他会在要求组织人事部门严格按程序操作的同时，特别要求必须在写好提拔任免说明上下真功夫、深功夫，一定要精心写好动议提名的原则，体现原则性、针对性、高质量、高水平，切合本地实际；提拔和重用的对象，必须说透"人岗相适"的理由，确保上会一次性通过。这位"一把手"对干部工作的严格要求，弄得相关部门每一次调整干部都会加班加点，度过一段"苦不堪言"的日日夜夜，但效果还好，每一次调整都是"大平小不平"，上级也没有收到用人不公的反映，做到了风平浪静。

还有一位朋友说，他的直接领导尽管目前还是部门的副职，但他坚信其还有"更上一层楼"当上"一把手"的空间。他举例说，去年年度考核评优，按照不得超出编制人数 15% 的一般规定，这位领导分管范围内最多只能评 4 人为优秀，但他以其分管工作有多项走在全省前列，为单位提升总体排名位次作出了重要贡献为由，在单位的"大盘子"里面多争取了 1 个优秀名额；同时，又成功说服垂直管理的上级单位，为其所借用该单位的 1 名骨干（是这位领导分管的干部）出具建议该名骨干确定为优秀的文件，结果这位领导分管范围内评选的优秀最终多出三分之一，达到了史无前例的 6 人。朋友感叹其分管领导"做大蛋糕有真本事！"

听着好友们的叙述和赞美,看着窗外那片银杏林时不时有片片杏黄飘落,我感觉这人与物之间确也有颇为相似的一面。

与其他植物相比,银杏树无论地处何处,它的形象总会显得格外巍峨、雍容、端穆,飘飞的落叶也显得更加高贵和美丽。为什么呢?历史地看,应当是与其经历过第四纪冰川的生死历练有关系吧,那可是"万里挑一"的死里逃生啊。几位朋友夸赞他们年富力强的领导,我想,这应该也是与其领导的人生经历、社会阅历等方面有直接关系的。

进入新时代,那些体制内作为"关键少数"的"领导干部",只要真正懂得领导艺术而不是沉溺于玩弄手腕和权术,只要不被自己额外的贪欲所绊倒,只要不是"烂树"被依纪依法拔掉,那么,一般来说,他们中有几人不曾有过头悬梁、锥刺骨的寒窗苦读呢?有几人不曾有过意气风发志在必得的青春豪迈呢?有几人不曾有过过五关斩六将,一路攻城拔寨高歌猛进的人生快意呢?有几人不曾有过屡战屡败屡败屡战,打脱牙齿和血吞的锥心痛楚呢?有几人不曾深切体验过山重水复疑无路,柳暗花明又一村的风雨人生的五味杂陈呢?

丰富的人生经历和丰厚的社会阅历积淀,注定了这些正值如日中天人生壮年的一群人对世界、对人生、对社会、对历史的认知深度会高过我的那些朋友,注定了一事当前这些人说话做事总能够上接"天线",下接"地气",在把方向、抓大事、管全局的决策中能够胜人一筹,甚至游刃有余,达到"百炼钢化为绕指柔"的境地。

朋友们都很开心,酒喝开了,抽烟的也多了起来。敬了两杯后,我借故打电话到后院那片银杏林去呼吸新鲜空气。

走进林子,也许是微醺的缘故,我便贴着一棵银杏树干屏息倾听。哎,仿佛真的听见了那树身发出的细微声音,有点像凋零中的银杏叶在窃窃私语,有点像遂愿后如释重负的释然叹息,还有点像是对未来充满憧憬的柔声歌唱,又有点像三者混合交融的另类天籁之声,引人无限遐想。

春发,夏长,秋收,冬藏,一年中的四季,各有各的韵味。而此时,时光柔柔,秋意浓浓,焜黄叶落,蔼蔼随风,我感觉到秋意似乎正生出丝丝缕缕的暖意。在这全无凉薄的秋日静好中,耳畔是朋友们周末小聚的欢声笑语,而我思考的是:此时此景,是否就是古人说的"秋日胜春朝"的美好诗意呢?

飘落的银杏叶

昨夜风雨
银杏叶散落一地
走近伫立
屏息谛听
有细微的声音响起
凋零的叹息

遂愿的踏实
以及憧憬的喜悦
交织出惊艳的美丽
我枯黄残缺的视域
花蕊随风
蹁跹起
蹁跹起无数
金色的蝴蝶

古装戏

唐宪宗元和十年（公元815年），被贬为江州司马的白居易在赴任途中，写下了一组很有名的政治抒情诗《放言五首》，其中第三首是：

> 赠君一法决狐疑，不用钻龟与祝蓍。
> 试玉要烧三日满，辨材须待七年期。
> 周公恐惧流言日，王莽谦恭未篡时。
> 向使当初身便死，一生真伪复谁知？

大诗人在这里教给人们不用占卜吉凶就能解决疑问的办法：检验玉的真假需要火烧3天，辨别树木的材质优劣需要等上7年。辅佐成王的周公在流言蜚语面前也会因害怕而躲藏起来，但历史证明他对成王忠心耿耿，毫无二心。西汉末年的王莽在篡位之前一直也是毕恭毕敬深得人心的呢。假如周公在畏惧流言之际，王莽在伪装谦恭之时就死了，那这两个人究竟是真是伪、是忠是奸又有谁会知道呢？

白居易从政生涯"至暗时刻"的刻骨铭心之痛，使得这首诗充满了朴素的辩证思维和深刻的人生哲理。

曾经看过一则据说是真实的笑话。某贪官被查，监察委员会的办案人员依法搜查时，发现其家里有一个罕见的大保险柜无法打开。请教有关专家，专家说保险柜用的是声控锁，密码应多为八个字的词组。于是，办案人员便轮流猜试："人不为己，天诛地灭""芝麻开门，芝麻开门""上天保佑，升官发财""八仙过海，各显神通""人为财死，鸟为食亡"等等，统统没用。专家又说，新款声控锁须本人开口并吻合才能打开。

于是，办案人员把某贪官从留置场所带到现场。他略显尴尬地清了清嗓子，高声诵道："清正廉洁，执政为民！"保险柜应声而开，满柜的金银珠宝汹涌而出。

我身边也时不时地有朋友讲正风肃纪反腐的故事，有的可谓惊心动魄、惊世骇俗。印象特别深的是那些"入戏"很深的两面人。历历来时路，悠悠归去时，有些事做了是永远抹不掉的，但那些信奉"人生如戏，全靠演技"的"老戏骨"，尽管可能背负沉重如山的原罪，却还能掩饰着那些故事，还想着往更高处攀爬，那会是何等的虐心呢？

我曾经请教过中科院心理所的一位知名心理学家，他说也许是有心忏悔却无力救赎所致，这样的人便只能选择孤注一掷"破罐子破摔"了。

这样的案例，百度一下随处可见，请原谅我就不举例了。

前不久的一个周末，陪外地朋友到重庆铜梁区的安居古镇老戏台看演出，台柱上那副对联令人印象深刻：

凡事莫当前，看戏何如听戏好；
为人须顾后，上台终有下台时。

在冲撞法纪红线、道德底线时"当前"了吗？在权力炙手可热时想到过权力任性的后果自觉"顾后"了吗？假若能够慎终如始地"瞻前顾后"，对法律纪律规矩心存敬畏，对权力的腐蚀性有基本的理性和警觉，那我们人生的航船就不会搁浅，就能够抵达平安的彼岸。

人有故事很好，人有事故很糟。真是应了那句话，成功的人生不是看你飞得有多高，而是看你落地时有多稳。

昨天去渝中参访我国城市中心区最大的古会馆建筑群——湖广会馆，当地好友邀请我欣赏一台古装戏，还希望我能写出一首小诗来。戏的内容很好，演员的演技很好，但不知咋的，也许是受近日来耳闻目睹的几个贪腐案例的触动吧，看了演出后，我写下了这样一首诗，请读者诸君鉴赏。

古装戏

凤冠霞帔
妆容精致
一颦一笑 一招一式

倾自己的哀乐演别人的故事
入戏太深
耗自己心血
入戏太浅
观众不会满意
水准高低
全在分寸拿捏
只见她长袖善舞莲步轻移
只见她水墨丹青纵横虚拟
无佳木却见春色
无花池已起涟漪
一切都显得游刃有余
枣红绒布关闭
掌声之后
离形取意
空荡荡的戏台
不知是释然的喜悦
还是无声的叹息

手机情书

通信技术发达到了手机时代，社会生活中就出现了我们大家熟悉的一些新的风景。

不分男女老少，有的人必须"一机在手"，才不会心烦意乱，才能够起居如常；有的人不管是站着坐着还是走着躺着，总会下意识地摸一摸手机，有事没事都会随时查看；有的人在手机一时无法连线网络或收不到信号时，会心情烦躁，甚至骂人的脏话不断等等。"低头一族""手机控"们成了瘾，而且远大于烟瘾、酒瘾，饭可以不吃，觉可以不睡，手机须臾不可离身。

人类这种前所未有的社会现象很有意思，我寻思着为此写一首小诗。

哎，这天刚好，一位我尊敬的大姐发来一则关于手机的幽默段子，大意是从白天到夜晚要是不看手机，这日子就没法过了，因为人像丢了魂一样；手机给人际沟通带来便利，也让人变得更加孤独；上厕所长时间没出来，或是在思考人生，或是便秘，或是没有手纸，而更大的可能是厕所里有 WIFI。劝人们说手机只是工具，别让它成为主人，不要让手机淹没人生；警告者说过去不离不弃的是夫妻，现在不离不弃的是手机；励志者说成功就是百分之一的努力，再加上百分之九十九的不玩手机；感叹者说有一种残酷的胜利，是手机打败了书籍；调侃者说"老夫掐指一算，你此刻正在刷手机"。

有点夸张，但也没有脱离实际，看后还让人感到轻松愉快。真是这样的，说出口的关心才是有效的关心，管理好情绪才可能管理好人生。我喜欢这类娱乐搞笑微信，一直视之为快节奏生活中休闲养心的正能量。

什么东西最伤人于无形？当然是负面情绪。世卫组织统计过，人类与情绪有关的疾病现已多达两百种以上。人们时不时地讨论抑郁症、焦虑症等心理疾病的危害和治疗，却少有专家学者基于积极心理学的原理作富有实效的正向激励和积极预防，而上述微信的作者客观上做了一件好事，善意调侃，乐呵乐呵生活，能够帮助人们在碎片式阅读中放松身心地开怀一笑。

受那些善良、幽默人的启发，我也试着用风趣的文字给手机写一封情真意挚的情书。

在第一节里，我就对亲爱的手机说了对不起，最后一节，我还是说对不起我亲爱的手机。为什么要这样写呢？因为按我以前的认知手机只是简单的通讯工具，普通百姓对它的无限依赖大多是新奇和沉醉于它的通话、QQ、微信、游戏等浅表功能，对它别的功能知之不多；而要对手机作深度的体验，或者说手机对于我们更具神魅的地方，还在于我们知之甚少的诸多更高级的智能功能。比如，用它来对家庭和单位的智能设备进行远程控制和需求互动，布置智能照明、作节能用电策略分析、作家庭或单位成员饮食健康分析等等，直接把虚拟的互动变成活生生的现实，这些才是智能手机对我们的"致命诱惑"，才是手机的世界更加令人向往的高端大气上档次和低调奢华有内涵。

所以，面对自己的那支手机，我勇于作了见得着思想的自我批评，我检讨说自己在它面前，过去一直主观主义地高估了自己，有点儿"狗眼看机低"，直到今天才似乎明白了，自己的生活甚至是自己人生中的最大问题，不是泰戈尔在《世界上最遥远的距离》中所说的是鱼和飞鸟之间的距离，而是自己认识的误区，即对智能手机从一开始就没有一个全面、清晰、透彻的认识，这导致了自己认知上的差距和错谬。没有正确认识手机，没有正确认识自己，也就不可能摆正自己与自己手机的位置。

真心佩服我们手里的智能手机啊，它就像一位武林高手，极善于运用积极心理学来不断打破别人对它的预期，不断站上只属于它自己的新台阶，不断登上只属于它自己的新高峰，逼迫着我们不断调高对它的发展和前景的预期。

我们与手机的关系是这样，其实，在活色鲜香的人世间，许许多多的人与人、人与物的关系又何尝不是如此呢？

手机

对不起
亲爱的
原以为你离不开我
现在才知道
是我离不开你

一小时不见你
我会害相思
两小时不见你
我会屋里屋外到处找你
半天不见你
我会发寻人启事
而一天见不着你
我还是我
魂却早已不知所以

你是光吗
我成了物的影子
你是空气吗
我有了正常的呼吸
可我总觉得你并不咋地
却又把最多的话语说给你听

把最美的笑容献给你
把最隐秘的心事敞开给你
甚至夜半三更
有时还捧着你
不断地自言自语

亲爱的
对不起
在你面前
我可能一直高估了自己
今天才终于明白
生活中最大的问题
不是鱼和飞鸟之间的距离
而是面对你
我该如何摆正自己的位置

最美遇见是少年

11月21日是世界问候日。想写一篇文章写一首诗，问候亲朋好友，也问候一声自己。

两个小故事有点意思，与诸君分享。

一是几天前的一个饭局。我因故迟到，道歉，然后落座。

一位酒量远在我之上的老友开我玩笑说，你老兄啊，优点很多，缺点很少，优点不说跑不了，缺点不说不得了啊。

我对他说，那你就主要说说缺点吧，我好改正嘛。

他突然沉了脸，直截了当地问道：你咋说某某某从家里拿来给我们喝的酒是假酒哟？

这话来得有点儿陡呢，一下子让人发蒙。我看着他说："没说过这话呀，我刚刚才到啊！"

"没说？上次喝酒的时候你就说过某某某家的老窖Y酒多！"这位老兄的眼神，阴沉中有坏笑。

我提高声调半开玩笑半认真地反驳："哎，兄弟伙，说话要讲道理哟，上次你们在哪里喝酒？不请我就算了，还这样污蔑人，不厚道哈！"

他哈哈大笑,接着说道:你看,你看,你老兄的缺点又暴露了,太干净,太纯洁,也太脆弱,我说话重一点都怕你承受不住啊!

我不服气,也针尖对麦芒地怼他:装什么装?这年月,还有纯而又纯的人吗?都在变"杂"变"坏",只是程度不同罢了。

话粗理端,亦庄亦谐,一桌人都哈哈大笑了起来。

二是与北京一位哥们通话,有点意思。

那天下午快下班时,他打来电话,说是昨晚到了重庆,今天办完事,见了相关市领导,现在去机场回北京的路上。本想来看我的,可事情多,一起来的人也多,同来同往,只有下次再见了。要是我去北京,一定给他说一声,哥俩喝几杯。

我对他说,你官不太大,官僚主义却较为严重,都不同我见上一面喝二两再走啊?他说下次吧。我说这样的事也是嫌一万年太久,必须抓紧的啊,能够随便推到下一次吗?

他大笑不止,然后转而表扬我的诗写得好,每个周末发给他的都认真看了,有的还未经同意便转发了朋友圈。以前也没发现啊,你从什么时候开始写诗啦,这是咋搞的呢?

我嘻嘻哈哈地说,你真是贵人多忘事啊,十五年前咱们一起在山东威海开会后的那个星期天还记得吗?那都是你和成都的某某某带着我去孔圣人老家喝醉了酒的美好结果啊!那酒好啊,人家添加了几千年的文化釉香在里面的,可你俩喝了最后都吐了,文化和智慧也吐了一地,这诗还能写得出来吗？写不了啦！但我没吐，那带着文气的美酒香啊，一直在我体内循环，就靠着沾了孔乡的祥瑞，我这些年来才写得出小诗来呢，你写不出来怨谁啊？只能怨你自己嘛。

他爽朗大笑，应该是一下子想起了那年那场酣畅淋漓、荡气回肠的醉酒往事。

当时，我们应热情如火似酒的山东朋友邀请赴宴，他俩把握不住以卵击石酩酊大醉留下既痛苦又幸福且终生难忘的深刻记忆；当然，他俩也一直对酒量较弱但"见势不对，立马撤退"的我耿耿于怀，每次说起都会取笑我"不耿直""不像重庆人"。

他继续半开玩笑半认真地说，不能用十多年前的标准看人了，包括喝酒，也包括其他，他已从"看山不是山看水不是水"进入了"看山是山看水是水"的境界啦。你老兄也不能老是写诗，天黑路滑、人性复杂啊，你应该写小说，那才有足够的空间来表达；你老兄知道，我们心里有好多话要对这个世界上的人们说啊！

我说要得，适当时候我转向写小说，"首先要写的就是我与你之间不得不说的那些事"。这位国内名牌大学毕业的业界精英再次爆发出燕赵壮士般的爽朗大笑，笑声深处，我欣喜地听出了这位经历丰富、阅人无数的中年男人内心的磊落和勇锐，从精神层面讲，他还是那位多年以前风度翩翩的阳光少年啊！

讲这两个故事想说明什么呢？我有两点心得。

一是宦海商海山高水深，七十二行行行考人，要经受得住无时不有、无处不在而且时有意外的人生"会考"。

自从来到这个世界，每个人都不打算回去了，每个不打算回去的人都想把这个世界看一个通通透透，但可能做得到的，永远是少数人。我慧根较弱，悟性不够，属于那少数人以外的多数人范畴。几十年的风雨历练，我对那些少数人有高山仰止、景行行止的钦羡，同时，在"江湖险恶"的压迫下，如履薄冰的我也小有心得，那就是必须加强学习，从理论与实践的结合上，自觉学习，认真学习，刻苦学习，学思践悟，不断地适应环境、适应生存、适应发展。

比如，面对好友比较辛辣、比较尖锐的玩笑，千万不能太天真、太单纯，必须懂得纷繁复杂、学会成熟练达，当然，在实操处理上，如果能够以幽默方式"点到为止"地化解可能因玩笑过大引发的矛盾，让彼此都感觉得到有味道，让圈内和圈外的人都感觉得到有意思，那就算处理得比较到位比较好了。

二是人之初，性本善，人在本质上都是向善向上的，随时随地都要为自己留一片净土、留一方宁静，以确保自己能够修篱种菊，舒展心灵。

"删繁就简三秋树，领异标新二月花。"红尘滚滚、物欲汹汹中，不管我们有多忙多苦多累多难熬，都要学会"删繁就简"，于内心深处建一片属于自己的香格里拉，在那里随时可以遇见最美的自己，这也应当成为新时代所谓成功人士的标配之一吧。

"最是人间留不住,朱颜辞镜花辞树。"我们都是从春天走来的孩子,经过葱郁的夏,辗转斑斓的秋,转眼也会走向萧瑟白淡的冬天。但不管时令和季节如何转换,只要我们悉心呵护好那一小片属于自己的绿水青山,那么,历尽千帆,归来的仍然会是那个人见人爱的英俊少年。

少年

翩翩少年
青春容颜
不施粉黛的素面朝天
洗尽浓艳的淡
不作矫饰的天真烂漫
隔绝繁复的简
晨光露水里的那片花瓣
海天一色中的那张白帆
还有拥抱春天的绚烂
呵笔寻诗的狂欢
还有舍我其谁的勇敢
超拔世俗的庄严
很近有多近
永远有多远

也许是红尘滚滚的人间
也许是超凡脱俗的仙界
最美的遇见
不应改变
不会改变

修篱种菊约风亭

约风亭,位于我国首家 5A 级海岛景区海南省东南部海面的分界洲岛上。这里是陵水县与万宁县的分界点,也是海南省南北气候的分界点,且刚好处于所谓神秘的北纬 18 度线上。

几天前,我两口子辞别万宁朋友 P 先生夫妇后慕名前往。沐浴着阳光下热带和亚热带气候相互渗透融合后的温暖海风,聆听着海涛拍岸的天籁之音,远眺海天相接处的点点帆影,放空发呆闲晃那么一小段时光,内心的感觉自在又曼妙。

于是,很想写一首小诗,留下一个美的念想。

2021 年 12 月 29 日 8 时许,正枯坐桌前搜肠刮肚冥思苦想,芝加哥大学的 P 先生发来几张照片,我一时便心猿意马起来,继续写诗呢还是先看看照片?犹豫片刻,还是选择先看照片,写诗嘛,往后推推,不着急。

P 先生说,照片是他们家隔壁严寒下的日式花园和密歇根湖景。

冰雪覆盖的日式花园,惨兮兮的,没什么看头;而那张寒风肆虐中蓝绿色湖水汹涌起数米高雪白浪花扑面而来的照片夺人眼球。这位科学家哥哥，什么时候又成了摄影家呢？聪慧之人真是一通百通哟！

我回了他一张刚刚收到的 Y 先生即时拍摄发来的家乡雪景照，他称赞说取景很专业。

我向 P 先生报告说，秀山的高级中学拟编乡土教材，我有幸于昨天接到通知，自己的一首小诗和一篇散文可能入选其"当代文学名作选读"；这所中学近些年来可厉害啦，在渝鄂湘黔边区知名度、美誉度颇高，每年上北大清华录取线的考生在十人左右，上本科重点线的稳定在两千名以上。问他有现成作品否，若有，建议他同意我们向学校推荐纳入，希望他为故乡后生们进一步多作奉献。

P 先生从小就全面发展，若愿意，其现今的作品质量肯定远在我之上。

他很快用秀山土语回信了，实在，谦逊，不失幽默。大意是他这一辈子就写了一些科技文章，科技文章格式相对固定，有数据有观点就可以写了，没有写诗词文章的才能，也没机会在那方面多读、多写、多练；还有就是多年来没用中文写过东西，尽管英文写作也不行，现在还是更习惯用英文书写了，这都是工作和生活逼的。国内过去称老外为"鬼子"，管自己才叫人，从写文章的维度看，他现在时常感觉到自己真是有一点"人不人鬼不鬼"的了。

我回了一个憨厚小女孩击掌大笑的表情，然后说下次陪他回秀山，我会自告奋勇建议学校，请他用那几乎无时无刻不在生活中运用的纯正的秀山官话去作一场学贯中西、融汇古今，且神出鬼没、人神同喜共赞的精彩报告，说不定台下学生聆听报告后有人会调整人生目标，那就是以他为师，奋力拼搏，争取到芝加哥大学做讲席教授呢！

他未及时回信，我一时性急，又发去一条：从2021年12月30日起，我将每天早起，5时至7时写作关于今年以来创作每一首诗歌的随笔式散文，力争两天一篇，诗文一体，求珠联璧合之美；明年4月自己生日前送出版社审改，若达标，就争取在有关方面支持下于重庆直辖纪念日即6月18日在解放碑新华书城搞一个首发式。

他回复说：有定力啊！难能可贵。相信你早已进入enjoying writing的境界；我个人观点，当一个人真的enjoying doing一件事情，他肯定会creatively严肃认真地投入把这件事情做好。

我说自己是向他学习，创新创造说不上，反正必须扎实搞。同时，我揶揄他说，他在英文方面精准遣词造句的能力可能比不上他精准运用秀山土语遣词造句的能力；当然，在他面前，我不懂英文。

他再次没有马上回复。老友间的幽默心照不宣，想来，他大概率是在无声地笑。

接着，他说自己对所谓境界认识不够，觉得从做事的角度讲，enjoying doing已是相当的高境界了。因为工作习惯，没说是做事的最高境界，因为没办法对境界作量化。他赞赏我"扎实"一词用得好，英文词rigor与之类似，扯远一点说，芝加哥大学的一个最重要的传统和emphasis是rigor。

然后，他发了一个在"这边"（美国）出生长大的男孩（他姨妹的儿子）大学毕业时写的个人简历给我，说这个男孩运用中文的能力算相当不错的了。

照片有两张，一张是有手写文字的白纸，一张是一对青年男女的合影照。那张纸是男孩手书的简历，有他的名字、联系方式，还有"爱好：睡觉"，"综述：本人很好。热爱中文教学工作。本人喜欢吃饭。乐于助人，工作勤勉"等。加上标点，约60个字，字迹极富异国情调，有的偏旁部首"种了别人的地，荒了自家的田"，汉字缺胳膊断腿和标点符号错漏近10处，我哈哈大笑起来。

第二张照片是小伙子与看上去是华裔女友的合影，帅气的男孩拥着女友，美丽的姑娘依偎着男孩，干干净净、爽爽朗朗，坠入爱河的两位小年轻脸上，幸福的笑容阳光般明媚。

我对P先生说：请允许我做一个善意的调侃哈，那张个人简历又让我想起了秀山歇后语：张老汉看"文革"大字报——危那个（卵）险啊！

接着，我给他讲了另外一个故事。

1976年10月打倒"四人帮"后不久，邓小平提出实践是检验真理的唯一标准，全国各地开展理论大培训，以统一举国上下的思想认识。秀山县某单位的一位工农兵学员大学生（"文革"期间事实上废除了高考制度，上大学实行推荐制）出身的干部在县委党校培训后回单位讲课。他似乎是弄懂了实践是检验真理的唯一标准的原理的，但他讲了好久下面听众仍不得要领，台下起哄，嘘声一片，弄得他脸红筋胀，一时不知所措，情急之下，他突然爆发，用秀山的"万能字"（卵）扎扎实实地飙出了一句极硬核的表述：实践是检验真理的唯一标准，说穿了，就是讲不管你说什么卵，都要试了才卵晓得！

一着急，讲课就接上了地气。参训的基层干部一下子听明白了，纷纷议论说：懵哦，你卵咋不早卵这样讲嘛，早卵这样讲大家早卵都搞醒活喽，你讲卵大半天，就最后这句话抖卵抻展了——听懂了！

P先生大笑。我对他说，像我们这样的人就是信服邓小平，逢事看重"试了才晓得"，至于思维和行为上与贵校追求的精神价值的某一个点相似或者雷同，那就纯属巧合啦。老友赞同我的观点。

闲谈式的交流时间似乎长了一点，可我们都感到心情格外舒畅。原因很简单，几十年没有杂质的情谊滋心润肺啊，在秀山五族杂处的多元多维的历史文化基础上，那些共同的记忆、共情的美好，彼此都认识到特别的温暖，值得特别地珍惜，即便带有一点"下里巴人"的粗野，但并无低俗违和的感觉，反而觉得格外的生动亲切、鲜活有力，何况人家那真的是话糙理不糙嘛！

其实，谁不喜欢真实、诚挚、干净、爽朗和美好呢？自己对海南分界洲岛约风亭的喜欢，不就是因为那里海风宜人、海水澄澈、海景辽阔、空气清新、氛围曼妙以及它取名的浪漫和诗意吗？

美好的人际关系和美好的自然风景一样，都是富含高负氧离子的"约风亭"，都是高品质人生的必需品，都应当成为我们对美好生活向往的重要目标，都值得我们孜孜以求，奋发有为去达成。

因为美好，我记住了海南分界洲岛上椰风海韵的约风亭；追求美好，我想在新的一年里建造一座约风亭，在原乡，在心里；同时，也祈愿天下朋友都拥有一座属于自己的约风亭，面朝大海，春暖花开。

约风亭

北纬 18 度的神灵
大概率藏在分界洲岛的约风亭
飓风临近不再犯浑
台风温柔成小鸟依人
撒野蛮横戾气残忍消减于无形
空气中环流着南海般无尽的
清新祥和治愈纯净
大口大口呼吸着甜美的温馨
2022 年春
我想回原乡建一处同样的风景

六十岁年龄中的十六岁青春

就我们芸芸众生而言,什么是成功人生或人生赢家?

以公务员职业为例,我认为最实锤的标准,是既要干事创业反对"躺平",又要廉洁奉公,确保平安着陆。不管你飞有多高,最后落地要稳,如果偏离方向落于水中,就是遗憾;如果摔进深渊,那就是一失足成千古恨。

最近,几位小哥哥小姐姐相继告诉我即将退休,我忍不住大声地对他们说:辛勤一生,平稳着陆,祝贺!

当今社会,有人说公务员职业如果自己把握不住也属"高危"。想到有的单位"一把手"连续几任"前腐后继",我觉得这种说法有点夸张,但不无道理。而几十年间,我的这几位小哥哥小姐姐,面对种种诱惑能够敬畏权力,"克己复礼",在标准更高、要求更严的大环境下,能够经受住来自各方面监督的眼光长久而严峻地凝视,最终修成正果,我真为他们功德圆满而高兴,为我的这些好榜样而高兴。

我对他们说,你们退了,我也快了,大家一起向未来,多好!尽管我们的头发白了,但那是北京冬奥会开幕式上的雪花白呢，它们是历经多少年的积淀才有的纯洁和祥瑞，是喜气洋洋的瑞雪兆丰年，顺着它们走，人生之路一定会一步一景，景随心移，美丽动人。就是我们额头和眼角的皱纹，也都是抵达美好生活的路径，"条条道路通罗马"，顺着每条皱纹的路径朝前走，都会曲径通幽、柳暗花明、面朝大海、春暖花开。我们也不用担心头顶在变秃，眼袋在增大，在退休的柔情时光里，它们都会得到修复，都会重现当年青春的繁茂和曼妙。白发很美，皱纹很美，就是秃顶也很美，不同年龄段有不同的审美取向和标准，60岁的年龄向内观照那就是青春年少的16岁花季，第二春来啦或即将来啦，让我们携手踏上青春之路，唱响青春之歌，共享人生最美好的一段时光吧！

我说的这些话并非全是幽默、夸张和浪漫。无论是谁，几十年的人生积淀就是极其宝贵的财富，加之尚好的体力和精力，这往后的日子何愁过不出诗情画意来呢？

我身边就有若干"老来才学吹鼓手"的退休先生和女士，有的学书法，有的练画画，有的拉提琴，有的搞摄影等等，长期坚持，乐在其中，若干年下来，有的还成了市内外小有名气、颇受好评的专家了。

年轻时甚至少儿时就有的人生梦想，成年后因谋生所需或其他机缘巧合中断了，现如今就应该重操旧业、重续旧梦嘛，何不随心所欲去积极尝试甚至放手一搏呢？

当然，我们无需自我期待过高，无需一定要达成什么样的刚性目标，关键是打望和品味那一路上的风景，重在参与，享受过程，这一点于退休赋闲人的生活很重要。

宋代佛教禅宗史书《五灯会元》卷十七中，载有青原惟信禅师的一段著名语录："老僧三十年前未参禅时，见山是山，见水是水。及至后来，亲见知识，有个入处，见山不是山，见水不是水。而今得个休歇处，依前见山是山，见水是水。大众，这三般见解，是同是别？有人缁素得出，许汝亲见老僧。"

这"三般见解"即禅悟的三个阶段，启发了晚年笃信佛道的苏东坡，他为其子苏过写下了一首禅意十足的七言绝句《观潮》（又名《庐山烟雨浙江潮》）：

庐山烟雨浙江潮，未至千般恨不消。
到得还来别无事，庐山烟雨浙江潮。

江西庐山美丽神秘的烟雨令人心醉，浙江钱塘江壮观的潮汐令人神往，两处名胜都是让人充满期待而长久盼望抵达的旅游目的地。"未至千般恨不消"，说的仿佛就是佛教"人生八苦"中的"求不得"，那么美的景致无缘前往观赏会是终身遗憾的，所以绞尽脑汁都想达成目标以了宿愿，哪怕心灵蒙尘都在所不惜，心中放不下这样的"执念"，生活自然痛苦，人生不会快乐。而真有一天达成目标了却宿愿，回过头去看一看，想一想，似乎那些目标、宿愿和执念都没有那么重要，那真是"到得还来别无事"，甚至感觉到有些东西只适合保存在梦里和想象中，一旦真的变现，不仅不会圆满，反而不如梦里和想象中的好。把握事物的本质后，诗人感到看庐山烟雨就是庐山烟雨，钱塘江潮就是钱塘江潮，就像青原惟信禅师说的那样，看山还是山，看水还是水。诗的末句和首句一模一样，言近旨远，其味无穷。

我直言不讳地向哥们姐们报告说，我退休后的生活会有目标的，当然它会是避开"求不得"之苦的柔性目标；同时，我不会迷失于一定要怎么样的执念，而应该如北京冬奥会上谷爱凌说的"最大的目标就是享受比赛"那样，努力在重操旧业，重温旧梦中学思践悟，享受过程的愉悦和惬意。

这是我对退休的哥们姐们就要开启的人生中美好时光的祝福，也是对自己将要到来的美好时光中最美好人生的期待。

人生第二春

长久凝视
有些沉闷和冷峻
钦佩你
不曾眨过一次眼睛
尘埃落定
恭喜
从此，人生迎来第二春

每一根白发都有三千丈的延伸
顺着它走吧
祥瑞雪花大如席
奋斗过的生命

一定是一步一景精彩纷呈

每一条皱纹都是通江达海的路径
顺着它走吧
面向蔚蓝
万紫千红繁花似锦
每一个早晨都是暖暖爽爽的清新

只是头顶日渐敞亮宽阔
只是眼袋有点故作高深
其实也都不是事儿
柔风拂过
松弛的都会重新收紧
荒芜的都会重新茂盛

哥们姐们,请相信
哲学感性
诗歌清纯
大地温存
星空多情
六十岁的年龄
十六岁的青春
这是人生中最美的时光
这是时光中最美的人生

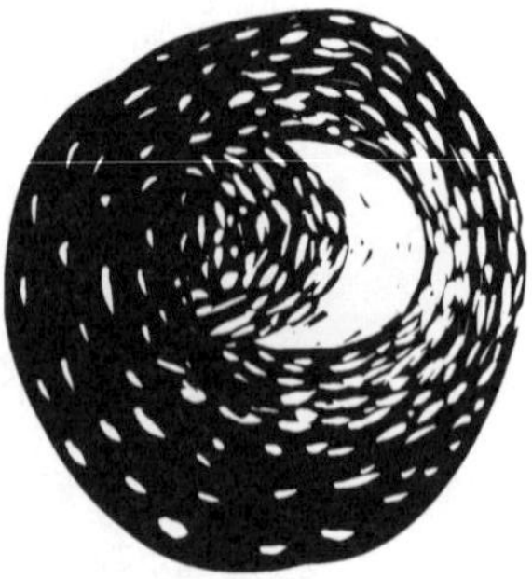

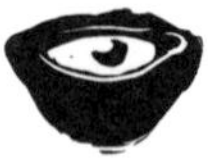

悖谬

2022年1月中旬,央视热播反腐系列专题片《零容忍》。我和不少朋友都看了,感到案例的一些细节和朋友之间的讨论蛮有意思。

某贪官在1995年至2020年期间涉嫌受贿等多达4.34亿元人民币。面对观众,他声泪俱下地忏悔:我不知道弄这么多钱来干什么啊,用来埋我啊;我疯狂的贪欲登峰造极,抓了我是对的呀!

从肢体语言和面部表情特别是眼神上判断,这人还不像那种擅长表演,说着说着就"入戏"干嚎的"老戏骨"贪官,他的痛悔应是发自肺腑的,似乎真是迈出了走向自我救赎的第一步。

但一切都已悔之晚矣。他的现状与其当年的人生抱负和价值追求早已南辕北辙、覆水难收,于他一家三代而言,已成无可挽回的不堪承受之重,依法判决后,他大概率地会在监狱度过其余生的绝大部分时间,这肯定是他投身公务员职业生涯之初所始料不及的。

《零容忍》五集专题片中讲了不少案例，有的就是所谓"身边人身边事"。联系着那些鲜活的人和事，一些朋友在交流中讲了个别贪官出事前的横、冷、狠、奸、痞、坏的事例和细节，给我的总体印象是，那类人已被其手中的权力完全异化，蜕变成了没有底线、丧失人性的"两脚动物"。一个有农村经历的朋友说，"那些人就像春天来了油菜地里得了狂犬病的疯狗"，行尸走肉一般漫无目的、乱窜乱咬，"狗咬人、人咬狗，疯都疯了！"

这个比喻说法有意思。以前听搞文艺批评的朋友说过，"狗咬人"不是新闻，"人咬狗"才是新闻。这道出新闻传播学真谛的话，大概是基于人性与狗性的不同作出的判断和归纳。

人性与狗性有区别吗？区别在哪里？为什么有朋友坚持认为有的贪腐分子已泯灭人性长成了狗，甚至是疯狗？

狗是动物，人是高级动物；人具有独立思考和判断的能力，狗一般不具备思考和判断的能力；狗是人类忠实的朋友，但凡是狗都有一个共通点，即对饲养它的人忠诚。

将人与狗作这样的比较，就不仅幽默，而且尖锐辛辣起来。你看人家狗，因为没有思维和判断的能力，它就生活得比人简单。简单如狗者可以是人类的朋友，谁饲养它就对谁忠诚，而有的人呢，对"饲养"他的"主人"忠诚吗？

所以，我也更能理解有的朋友的观点了。狗似乎比有的人还"耿直"，狗不装，而有的人喜欢装，聪明的装糊涂、糊涂的装聪明，不懂的装懂、懂的装不懂或者不忠诚的装忠诚、不廉洁的装廉洁，有的人真还不如狗，拿狗来比喻着说，似乎把人家狗都拉低啦。

为什么会出现这种乱象呢？问题出在那类人的欲壑难填。不能遏制自己的贪欲，疯狂到了只要自己捞一把哪管你洪水滔天的地步，那样的人其职务行为还可能保持廉洁吗？在极端的自私自利驱使下，其手中权力的"春药"必定会点燃其人性的邪火，烧光其初心、使命、德行、操守，直接导致"万物之灵长"堕落成狗，甚至连狗都不如。

抗美援朝一级英雄邱少云是重庆铜梁人，我的老友Z先生也是铜梁人。他曾以玩笑的口吻讲过一句很严肃的话，我印象很深：守纪律、讲规矩，就要学习我的老乡邱少云。昨天下午，他看了专题片后同我交流时，转录了古代一位铜梁知县的名言：

得一官不荣，失一官不辱，勿说一官无用，地方全靠一官；

吃百姓之饭，穿百姓之衣，莫道百姓可欺，自己也是百姓。

这耳熟能详的良心话说得好清透啊！人们记不起那位知县姓甚名谁，但他长留人间的这几句话多少年来或多或少、潜移默化不知影响过多少人呢。思考片刻，我把它转发给了一些好友。

北京的X先生最先回应，发来的是他朋友圈的一则对话截图：一位腐败分子对着镜头痛悔"人生没有回车键"。同框有人评论："有的领导干部一直到锒铛入狱都不知道电脑上的回车键不是用来删除的。"

是啊，对于一门心思搞腐败的贪官来说，哪有心思学习了解电脑操作的常识呢？在其心目中那不明摆着是负责文字录入的小职员的事吗？

同事 H 先生回馈的应是其原创："即使人生已经一地鸡毛，也不能放任自己一嘴狗毛。"这话好，生动鲜活！

全社会对腐败的憎恨和义愤自己也感同身受，同仇敌忾。但我们也知道，世界上还没有能够根除腐败的灵丹妙药，腐败作为一种社会历史现象，将长期伴随人类社会的发展而存在，我们能够和必须做的，就是要持之以恒地实施和完善不敢腐、不能腐、不想腐一体推进机制，把腐败对社会的伤害减少至最低的程度。

这个话题太大，不可能在这里展开讨论，那么眼前自己能够做的是什么呢？

综合朋友们相互交流中的真知灼见，写一首抨击腐败的讽刺诗吧，大胆运用对比和反讽，尽量用大家都能听得懂的大白话、大实话，尽量做到犀利尖锐、幽默辛辣，做得到吗？请允许我来试一试。

悖谬

小时候我受过狗咬人的惊吓
"快点长大,快点长大!"
心里千遍万遍地自说自话
不是娃娃
就不会再受狗咬人的惊吓
长大后我看见了人咬狗的反杀
"不想长大,不想长大!"
心里千遍万遍地自说自话
回归娃娃
看不懂人与狗之间
仅隔的那层思维薄纱
我爱我傻
而你一嘴狗毛
愿干吗干吗

友情的故事

快过年了，几天来的两件小事让我感到特别的纯净和暖心。

向上级机关报送全年工作报告，领导秘书很快打来电话说，你们的材料有误，请更改后送来，她会尽快送到领导手里的，同时发来了材料有误处的照片。我深表感谢，立即请来相关同志，通报情况，迅速整改，重新呈报。

如果经手时她也跟我们一样"马大哈"呢？如果她发现问题不予指出照样向领导呈送呢？我都不好意思往下说啦。"细节决定成败"，决定成败的重要细节，自己没有把握好、做到位，在即将造成负面后果而自己又不知情的情况下，经由朋友之手得到切实有效的止损和纠正，我怎能不感动呢，怎能不发自内心地感谢和致敬朋友呢！

一年多前，我恳请一位领导办一件按照规定可办可不办的私事，难度很大，在自己已不抱希望的时候，却意外地接到该领导的通知，说是已经办了。同样是感慨良多啊！几年前，我在他的领导下工作，那时的我"打牌分不清大小王"，曾同他发生工作上的分歧和争吵。一年多来，我一直在想，请他帮助，办了是意外，不办是常态。结果呢，发生了美好的意外。

我想起他当年经常爱说的那句话：做人要公道正派，办事要讲个良心；你说我不好，该办的还是要办；你说我好，不该办的还是不办。多年后的今天"回头看"，比较、交换、反复之后，我不由得心生敬意，钦佩其硬脊梁、铁肩膀、敢担当啊，人际关系上那点儿鸡毛蒜皮的事在他眼里根本就不是事，早成了过眼云烟，倒是自己有点鸡肠小肚地想多了，心胸和格局上有差距呀！

不久前，一个年轻人同我感叹人生，说是现在的商场官场以及其他各种名利场上，精致的利己主义盛行，不少人都在忙圈子、混圈子，进不了圈子，该得的都可能丧失，没有哪个维护埋头干事的人。我同这位年轻人有约，改天再见面时，我不会和他讨论其观点的对错，但我会以白描的方式，原汁原味地讲一讲这两个真实的故事。

小时候，常常听叔叔辈、爷爷辈讲那些过去的事。

比如，哪一年在哪个山洞里躲土匪住了多少天，那个洞要是开发出来的话会成为红红火火的旅游景点；哪一年老家下的雪有多大，积有多厚，几个玩伴一起踏雪寻梅喝酒打猎走了多远；哪一年在哪里钓了一条多大的鱼，肉有多嫩、汤有多鲜等等。我想，我们普通人的一生，从某个角度说就是讲几个故事，自己讲几个与他人与世界的故事，被人讲几个他人与自己与世界的故事，一生几十年或者百年左右的光景就差不多过去了。

当然，故事不是事故，美好人生是有故事而不能有事故的，一旦出了事故，那就是另外的人生了。

明天就是牛年的大年初一了。这个因新冠疫情而变得极其特殊的春节，注定会成为我们今后讲给子孙们听的故事的。让我们把真挚感人的美好情谊记在心里，把刻骨铭心的残酷疫情也记在心里，同时，主动清除与健康人格和美好心灵格格不入的焦虑、紧张、愤怒、沮丧、猜忌、悲伤等负面情绪吧，创造高品质生活，需要我们这样做。

时近傍晚，问候的微信、短信纷至沓来，最新的一条是重庆市档案馆一位女士发来的，她同时通报说收藏我的诗文集的芝加哥艺术学院是美国顶尖级的艺术教育机构，其博物馆以大量收藏莫奈、修拉、梵高、爱德华·霍普等印象派大师作品以及美国艺术品闻名于世；我的书能够由市档案馆收藏也是他们的荣幸。

我的一个较大弱点就是喜欢听表扬的话，特别是在过年的时候。我衷心感谢她和她的领导及同事们对我的激励和鞭策，表示一定要好好学习，好好写作，请他们放心。

再过几个小时就是新的一年，面对亲朋好友亲切温暖的问候，我感觉到缕缕春风、株株嫩苗、朵朵阳光、潺潺溪流正迎面涌来，如果我牛年的365天是一本书的话，这些美好的问候就是这本书最美丽的封面。

我以"点对点"的笨办法，逐一回复亲朋好友的问候，感谢帮助，感恩爱护，祝愿健康，祝福吉祥。

子夜微信

你是吹面不寒的风
你是阳光片片
你是原野嫩绿的草
你是溪水潺潺
你是细雨如酥的薄烟
你是朗朗润润的山
牛年如书
你是我最美的封面

理解

一位朋友说过一个观点：人的理解能力是"向上兼容，向下隔离"的。

我基本赞成这样的观点。在狗的眼里，也许所有的人都喜欢骨头；在猫的眼里，也许所有的人都喜欢鱼干。思想等级和认知能力差异较大的人，要作良好的沟通是很难的，有时甚至是无法沟通的。所谓情怀和艺术这类"阳春白雪"，对有的人来说远没有"一口饭"来得实在。在这方面，鲁迅有一句话有点悲凉但讲得极透彻："人类的悲欢并不相通。"

联想到最近俄乌冲突的前世与今生、表象与实质，真还为时至今日西方一些政客仍然奉行弱肉强食的丛林原则感到悲哀。难道国与国之间、民族与民族之间真的只能是相互隔离的"孤岛"吗？"人类命运共同体"这个地球村发展的必然选择还需要多少年才会成为全世界不同肤色不同种族的人们的理性自觉呢？

于是，我试着写下了《理解》：

狗喜欢骨头
猫喜欢鱼干
鲸喜欢大洋
鹰喜欢蓝天
"万物之灵长"
更各有各的喜欢
似乎都为着"一口饭"
似乎又都没那么简单
每一个虽心怀纯良
情系蔚蓝
普天下却并不相通于悲欢
都市或荒原
低级或高端
我找不着思想的大数据
和认知的区块链
夜色朦胧
只听见
孤独的浪潮
拍打着孤岛的海岸
苍白空洞的浪花
倏忽归于深邃的黑暗
千年万年
无际无边

小诗发出后，朋友们的反馈五花八门、异彩纷呈。

有的说这是以诗的形式简明扼要地道出了人性的幽微和局限。

有的说理解一个人或动物和理解一首诗一样，需要反复品读品味。

有的说诗人木心说过他同意惠特曼的意见，即人体好就好在是肉，不必让肉体升华；所谓灵，是指思想，思想不必被肉体拖住。让思想归思想，肉体归肉体，这样生命才富丽。

有的说思想没有大数据和区块链；思维本身存在于不同层次和区域，人类文化才五彩缤纷。微亮的浪花起处，映射的是人世间的万千花心。

有的说数据的理性和情绪的感性是不是本就不能并行？作者是在拷问灵魂的奥妙吗？

有的说反复读了多遍，萝卜白菜，各有所爱，何惧悲欢不通，理解和体谅就是最佳的解药。

有的说每个人都有个性，又在社会中交集，或简单或复杂，"理解"作了很好的诠释，这首诗有治愈感。

有的说会有很多人因为你的存在而生活得更美好。

有的说这首诗让其想起了徐志摩的一句话，"我将在茫茫人海中寻找我唯一之灵魂伴侣。得之，我幸；不得，我命，如此而已"。

有的说世间悲欢从不相通，人心冷暖唯有自知。

有的说不管诗人是不是孤独的，那笔下一篇篇诗文已曾在无数个归于沉寂的深夜里温暖了一颗颗孤独的灵魂。

有的说所以,理解万岁。

饶有意思的是,一位大姐发来三则假小学生满分作文之名的笑话:

其一——女人难受时如何用一句话安慰?有美国人的答案是:You need cry, dear(你需要哭出来,宝贝儿)。有中国人的答案是:有你的快递儿!发音完全一样,效果完全一样。

其二——爸爸:儿子,你在哪儿?儿子:我在王健林家里和马云谈生意呢!爸爸:说人话!儿子:我在万达广场蹭网用手机逛淘宝呢!老师评语:前途无量,太会说话了。

其三——学生时代暗恋一个人是怎样的体验?答:交作业时,作业本叠在一起都觉得很幸福!

拿着手机在示弱斋内转着圈儿欣赏,朋友们的奇思妙想让我多次哑然失笑。这是理解吗?也算理解吧;这是理解吗?不太理解。

转到梳妆镜前,目光从手机屏幕上自然转向了镜中人。那是谁?镜中之人与镜外之人是同一个人吗?那浓密的黑发究竟是从什么时候开始掉成了这样?那清瘦的面庞究竟是从什么时候起发福成了这样?眼角和额头究竟从什么时候起有了讨厌的皱纹?

凝视着那熟悉而又陌生的镜中人,在将信将疑、理解与不理解间,我自洽自愈着写下了内心独白的《镜中人》,天真地幻想着他就将还原成那个满头乌发、风度翩翩、踌躇满志的英俊少年,他将拥有那个少年梦中的星辰大海,拥有更加美好的未来：

  一片森林
  惨遭蹂躏
  半辈子风沙
  覆盖你辽阔的头顶
  残次林
  痛苦呻吟
  深秋饱满的天庭
  涌动起流沙状皱纹
  心生怜悯
  我对你
  深表人道主义同情
  蓦然
  目不转睛
  我凝视着你的眼神
  那是天边双星
  深邃淡定
  纯净温存
  越过头顶
  我看见你向我走来
  翩翩少年
  大海星辰

我即将把你忘记

今天是 2022 年 3 月 5 日，惊蛰。再过几天就九九寒尽，"九尽桃花开"，繁花似锦的仲春时节已经来临。

春天里的花事一茬接着一茬。美人梅芳华依旧，但时移势易，桃李芬芳的绚烂似乎更加令人沉醉和憧憬。今年的这个时节，人们就要与美人梅告别，就要淡忘它的美丽，就像前些日子美人梅出现，它的美丽和芬芳替代了腊梅花一样。

这是没办法的事，对五彩缤纷的春天有了新的更美好的期待，记忆就会清空一些过去，会把空间更多地留给新一轮的花事。"长江后浪推前浪，前浪死在沙滩上"，这也算是一种美丽的无奈，有那么一点儿浅浅淡淡的哀愁。

我曾认真思考过人们这种"得陇望蜀""移情别恋"，甚至是"喜新厌旧""水性杨花"的心理，这到底是怎么回事呢？昨天一早，我查阅了关于人的大脑记忆与遗忘的功能机理的文章，知悉专业上的道理，但总觉不合我意。昨天下午，遇到法学专家 Z 先生，我便半开玩笑半认真地请教，他毫不犹豫地下结论式地说，不断追求更美好的事物不能算是移情别恋。我笑问于法有据否，他说应该有的，目前散见于各相关法律、条例、规定中，尚未形成单独的《移情别恋法》。我说那好，你们法学界理论创新的空间看来足够辽阔啊。

这当然是在开玩笑了。

"人之初，性本善。"不开玩笑地说吧，也许善良的人们心之本性确实是静如止水的，只是树欲静而风不止，那纷至沓来的一场胜似一场的盛大花事之风，才撩拨得人们心旌摇动，变得心猿意马起来。

其实，这又岂止于自然界的花事对人性的诱惑呢？人与人之间的有些关系不也是这样的吗？

最近，一位即将退休的公务员老友对我"讲心里话"，说他自从进入中年以后，一直心怀忐忑，越是临近六十岁，越发感到莫名的不安甚至有恐慌；特别让他难受的是，有的多年同事甚至是他带过的"徒弟"现在也有意无意地开始与他渐行渐远"保持距离"了，面对这些"最熟悉的陌生人"，他备感"人未走茶已凉"的"悲哀"。

老友的话让我心有戚戚焉。我的年龄小他一点也不多，他的今天兴许就是我的明天。因为很熟悉，我便半开玩笑地宽慰他说，农村有句老话"吃咸点，看淡点"，给你哥哥提两点建议，一是抓紧确立自己的一两项爱好，为迎接退休生活做好"转型升级"准备，退下来后就一心一意做自己喜欢的事，说不定你会迎来人生第二春的高光时刻呢；二是退休后的个人世界也真没必要太拥挤，朋友圈建议做一次减法，那些让你感到无趣、沉重、不舒服的人，应果断地请出去，今后的时间和精力更多地用于爱你之所爱,这样人会活得更轻松愉快一些。

话虽这么说,可我心底还是有纠结的。

清代赵翼说过:"江山代有才人出,各领风骚数百年。"相信每个人都有类似的经历,在自己那一片小小的天地里,曾经作过贡献,曾经引领风骚,但那是"曾经"的事,自然规律决定了我们对单位、对社会、对国家能够创造的价值确实是与年龄增大成反比的,既然是这样,我们凭什么还要奢望无功受禄享受过往的尊荣呢?

把这一点想得更清透,我们就会更加理解和包容那些如日中天、未来可期的年轻人对自己的"冒犯"了。他们也不容易嘛,作为老同志、老同事、老朋友,我们应该向他们致以最美好的祝福,祝福他们海阔凭鱼跃、天高任鸟飞,祝福他们青出于蓝而胜于蓝,祝福他们创造远胜于我们的现在和未来。

春天里,面对一茬接一茬不断盛开又不断凋谢的花事,如果我们从平面上一一对应地作具体观察,可能分得出其生命和美丽的结束或开始;如果我们站在更高处去俯瞰和把握,我们应该能够领悟到看山还是山、看水还是水的通透与豁达。

结束开始、开始结束,记忆忘记、忘记记忆,那里面该有多少去留之意、舍得之念,该有多少时间之思、生命之叹,该有多少令人感叹唏嘘的花事、人事、天下事呢?

逝者如斯,它们在属于自己的生命之河里,其所有的灿烂都于无边的寂寞中永逝永在,恒无穷期。

也许,这就是生命的本真。

我就要把你忘记

对不起
桃花李花开了
我就要把你忘记
忘记你
忘记你的美丽
就像昨天忘记
前天的腊梅
和腊梅芬芳的气息

请不要生气
我没有主观故意
只怨自己太没出息
深夜里
也曾攀缘欲静之树
可一阵风来
模糊了我想把握的本质
所以我一直分不清

移情别恋与忠贞不渝的区别
分不清一场花事
与另一场花事的结束还是开始

不断记忆不断忘记
不断忘记不断记忆
循环往复
永无穷期
也许
这就是生命本真的样子

致我今夜不知所终的灵感

昨天刚刚上班，我一直很敬重的一位大姐发来微信：

兄弟好！家父于某月某日某时在某地养护中心安详西去，享年94岁。翌日，全家协力办妥了家父丧事。我的体会是：不设灵堂，不收礼金，不请直系亲属以外的亲朋好友和相关单位领导及同事参加告别仪式，家父清静，我们轻松。我们践行了厚养薄葬，老人在世幸福快乐，离世安详宁静，后人善孝善为，无愧无悔。

默读数遍，感动莫名。想为她写上几句得体的话，可一时无法精准表达，放弃。然后，回了一个"江湖最高礼节"的拱手表情。

无俗尘不染，有节品自高，我把对这位大姐的深深敬意和祝福存放在心里。

"三观"一致，心有灵犀。但这种感觉不会随时、随地、随处发生。现实生活中，我耳闻目睹的因智商不够、情商偏低，在工作上或人际交往中弄得他人不悦、自己尴尬的事并不少见。

一位在大型国企工作的朋友说，一次，他们董事会要决策一个项目，董事长会前同各位班子成员一对一就项目情况作了全面沟通，每个人都表示赞成，该议题上会时，成员们都说没意见，可一位刚提拔不久的年轻人发言表示不赞成，可理由并不充分。他刚刚当上副职，大概是想以在会上标新立异来表达自己敢于有所坚持吧。董事们从此对这位有点"异"的兄弟就有点"那种"了。

一位做公务员的朋友说，一次，他们单位上级机关的领导要来调研座谈，作为单位中层正职和后备干部，他按要求积极参与单位主要领导汇报稿的起草，并作座谈发言准备。座谈会如期召开，主要领导全面汇报，虚实有度、简明扼要。接下来，请与会中干发言，他踊跃发言，自始至终为主要领导评功摆好歌功颂德，弄得领导的领导很不自在，单位主要领导更感难堪。事后总结，他说领会意图不到位，"下级表扬上级用力过猛啦"。

还有一位朋友说，他们有几位老同学每双月的第一周的周末会相聚小酌，大家谈天说地、兴致勃勃，切磋酒艺、其乐融融，是很惬意。可最近两次，其中的一位老兄老是坐不住板凳，时不时地离席打电话发微信，一去就是一刻钟半小时的，有同学说他喝酒不积极是态度不端正和思想有问题，可他总是说在改领导要求马上呈报的材料等，弄得大家无趣无语，后来就很少请那位老兄参加了。

作为"万物之灵长",人很复杂。每个人都有自己的秘密,每个人都有别人进不去、自己出不来的死角。人与人之间要真正做到心领神会、心心相印,确实具有很高的难度。

先不说人与人之间,就是自己跟自己有时也会闹别扭。比如,我与我的想法之间,我的诸多想法与最具创意的突变思维即灵感之间,同样难有心灵感应的默契。

写诗的人哪个不想写出有品质的诗来呢?可我常常感到有想法没办法,无意识中突然兴起的神妙能力常常缺位或不到位,灵感总是不配合想法。

尽管如此,写诗的时候,我仍然强烈地企盼能够与灵感邂逅并深情相拥,就像神舟十三号与天和核心舱在太空相遇一样,实现天衣无缝、丝丝入扣的成功对接。可令人沮丧的是,我与灵感相向而行,灵感总是与我擦肩而过,就像朋友说其情商不够、悟性偏低的朋友一样,自己总是缺少"闪电"的点燃,灵感在大多数时候都不知所终。

这个周末的晚上也是这样。枯坐半夜,写不下去,百无聊赖间,偶尔看见墙壁上自己身体投射的影子,想到它跟着自己熬更守夜确也辛苦,便想起身同它握握手,说声对不起,可刚刚欠身靠近,它便扭曲变形,然后没了踪影。

疲惫,无趣。尴尬,无语。我左手拉着右手,一点儿感觉都没有。

也许是灵感和我都很累了,我起身夸张地伸了一个懒腰,这时,一阵夜风送来了楼下的栀子花香,那滋心润肺的瞬间激灵,使得我的手指无意间碰得键盘一阵乱响,显示屏上现出若干乱七八糟的字符。这都是些什么呀？凝神细看，我悲喜交加地"哎"了一声——像我心头那些理不顺的诗句的变形和抽象啊，像我内心深处无法言说的那些丝丝缕缕的情愫啊！

既然是这样，那就选择原谅和放过吧，也许在原谅和放过的那一刹那，我能够捕捉到旋踵即逝的灵感。

可能吗？让我试试。

致我今夜不知所终的灵感

想你
无论如约还是偶遇
不管天晴还是下雨
想与你深情相拥
创造奇迹
就像神舟与天和完美的对接
让闪电驱走疲惫
点亮这周末的诗意

可今夕不是七夕
牛郎难见织女
我同你相向而行
你同我各自东西

子夜尴尬
恍惚神思
左手拉着右手
木木然的我
找不着一点点惊喜的感觉

风过中庭
栀子花香四溢
原谅你也放过我自己
欲起身睡去
无意间手碰键盘
敲出一串五味杂陈的泪滴
丝丝悲凄
缕缕欢悦
浅浅的苦涩
淡淡的甜蜜

那惊为天人的容颜

最近,工作变动后自主时间较前增多,八小时以外能够基本做到不加班,一到晚上和节假日,大多可以随心所欲地阅读和思考了。

示弱斋书房的世界里,青灯黄卷的氛围中,有时回望职业生涯一路走来的酸甜苦辣,自己难免会一次次地思考,这人活一世,到底有什么样的价值和意义。

这样的时候,会时不时想到叔本华唯意志论的观点:欲望(意志)不能满足表现为痛苦,得到满足后表现为无聊与空虚,只有得到满足的那一瞬间,才表现为快乐;得到满足的时刻总是短暂的,人因此而总是处在不能满足的痛苦与满足后的无聊这两种痛苦中。这位非理性主义哲学大师的核心观点是,人的本质是欲望,欲望的本质是痛苦,因此,人无往而不在痛苦的枷锁里。

很欣赏这位一百多年前的德国老兄讲的一些道理。当然,作为华夏子孙,自己关于人的本质和人生意义的认知,更多、更直接、更全面深刻的影响,是来自于中华传统的哲学文化。

咋说呢？这里面的道理不是一时半会能够讲明白的。借用中国画写意的方式来作文字上的表述，那就是陶渊明所说的"悲晨曦之易夕，感人生之长勤"，那就是陆机所说的"课虚无以责有，叩寂寞而求音"。

说清楚了吗？说清楚了；说清楚了吗？没说清楚。但不管说清楚了还是没说清楚，能够感觉得到一种文化的自觉和自信在血液里奔涌，我深深地知道，自己的思想观念、思维方式、情感和意绪与生俱来地都长期甘于接受那样的熏染和陶冶，自己甘于沉溺其中留恋徘徊一咏三叹，甘于奉之为圭臬并努力做到学用结合知行合一。

佛知空而执空，道知空而戏空，儒知空而执有。风雨人生几十年，知悉有荒凉，所以才孜孜以求繁盛；知悉有虚幻，所以才抓铁留痕务求踏实；知悉有谬误，所以才持之以恒向上向善，才会正心诚意、修身齐家，才会把倍加珍惜今生化为忘情投身家国，才会让情感的本体驱散虚无和无聊，才会在向往真善美的人生过程中敢于拥抱着痛苦不断追求自我的超越。

恰巧此时，我精神上的忘年交 W 先生发来了视频《托斯卡纳的天空》。那是安德烈·波切利与 Hauser（豪瑟）最新合作的乐曲 *Melodrmma*，录制于意大利托斯卡纳大区波切利的故乡 Lajatico 的一座露天剧院。

听不懂歌词，但波切利天籁般的嗓音和深沉的大提琴声直抵我心。两位大师歌声和琴声的交织融合，撩拨到心灵深处的柔软细腻处，令我沉醉其中。尤其让我感动的是波切利的歌声，深厚嘹亮，特别干净，温暖而感人至深。

这个世界属于每一个人。也许正是因为波切利双目失明看不见这个世界，上苍才会亲吻他的嗓音，让他能够唱出令万千观众泪流满面的忧伤而又美妙的歌声。他看不见眼前的这个世界，但他通过歌声让这个世界看见了他，看见了他真诚、干净、善良的笑脸，他也通过那海潮般的热烈掌声用自己的心灵看见了这个世界给予他的温暖与笑脸。

叔本华说过类似的话：我们应该像伟大的天才那样思考，像普通人那样说话。我的一位朋友觉得，他这话的前半句说得很好，后半句有些平淡，宜改为普通人要"学着像诗人那样说话"。我赞成这位朋友的观点。

说着哲学和音乐的话题，我也跟着庄雅起来。当然，为着心里的那个伊甸园，为着那托斯卡纳般的迷人笑脸和比它更美的那个伊甸园里的东方笑脸，眼下读或者不读叔本华也没什么关系。

我只是想向着美好和未来的方向，想试着以中国人的哲思来写一首小诗"学着像诗人那样说话"，将高度凝练、转瞬即逝又叩人心扉、直抵灵魂的想法借由灵动的语言向世界作一次酣畅淋漓的抒发，以致敬我的每一位朋友坚定执着的人生追求，同时表达自己对心中的伊甸园和对那张至纯至净至善至美笑脸的钦敬、赞誉和向往。

这是人生的美好情愫，祈盼它能够如同人间最美四月天里林间早晨的那些阳光，一朵一朵地洒落在路边随风摇曳的小草上，那诗句般晶亮的露珠，折射出迷人的七彩炫光，有点儿美丽的虚幻，但我确信，它才是巴蜀大地上真实而鲜活的漂亮。

笑脸

茫茫人海中瞥了一眼
蓦然发现
你惊为天人的清纯容颜
瞬间
我沉郁的冬日一片晴天
愁绪被阳光织成彩练
痛苦和无聊
缤纷起五颜六色的花瓣
冰冷的石头
快乐中温软
无往不在的枷锁
羽化成万紫千红的花环
然而，遗憾
一转眼
再也不见那如花的美靥
清丽随风
孤独思念

银杏叶优雅飘散
爱是理解
心甘情愿
一朵一朵释然
融入悄无声息的流年

后记

散文集《时光边缘》的素材来源于我 2021 年 1 月以后十八个月的日记。

自初三起，我接受当时老师的建议，学习记日记，基本做到了数十年如一日地坚持。这本集子里的散文，大都是在相关日记的基础上开枝散叶写成的。

记日记是一件很有意思的事。年龄越长，涉世越深，也就越发认识到"天黑路滑，社会复杂"，复杂到有时自己对自己都感到有些陌生而不能相认，因此也就越发感觉到生命的历程确需要通过日记来记录，记录自己与自己的对话，记录自己与自己的彼此互掐、谈心谈话及沟通和解，记录自己与自己如何"合二为一"进而实现本我精神上的自洽自愈。

凡夫俗子如我者，其日记体式的散文会是什么模样呢？唯愿它成为读者心目中的"这一个"，那里面能够看见过程中的我真实的生命状态，当然，眼神更好一些的读者，还会依稀可见那个初三少年风风雨雨一路走来的心灵之旅。

时光边缘，逝者如斯，生命的历程走到今天，一切未曾改变，一切都在改变。人生的孤独和归宿是必然的，好在过程很美，弥足珍贵，值得永不言弃和倾心拥抱。

活在当下，活好一生，便是对生命最好的珍惜和敬畏，便不会在临终前慨叹自己仿佛不曾在这个世界上活过，生命便会因一路深情浪漫的且歌且舞而摆脱宿命般的孤独，流年的时间颗粒也便会因阳光和雨露的滋润灿然绽放，开出所谓意义层面上的小花来。

人这一辈子，说短不短说长不长，在不短不长的人生里，一定都是有故事的。从某个角度看，人生就是一个听故事和讲故事的过程。听一听、讲一讲别人的故事，再讲一讲或者听别人讲一讲自己的故事，这一辈子大抵也就差不多了。集子里的散文，大多有我与我的朋友们的小故事，我看重那些原生态的宝贝小故事。

我的朋友国内为主，国外也有，有经商的、从军的、当官的、教书的、做学问的，也有办实业的、做临工的、画画的、搞文艺的等等。七十二行，行行出状元，所以我一直喜欢琢磨那些小故事，努力从中认清和正确对待自己，努力从中学习和体悟这个大千世界和百态人生。那些大时代中的小故事，是百年未有之大变局背景下社会生活中一个极小截面的若干个小不点儿，尽管微不足道，却鲜活、真实，诚挚、厚重，且有情、有理，有用、有趣。

书中的每一篇散文里都附有原创小诗（除一首外，均由重庆上游新闻《夜雨》专栏刊载过），或先文后诗，或先诗后文，或诗在文中，诗文一体、融会贯通，着力以创新的思维和方式抒发人生最可宝贵的亲情、爱情、友情、乡情和家国情怀。

家是国的基础，国是家的延伸。家是我们自然生命和社会人生开始的地方，国是我们生命图腾和人生理想的源泉。重庆秀山是我的家乡，海南文昌是我出生的故园，而我已走过的人生之路，超出一半的美好时光是在长江和嘉陵江环绕的渝中半岛上度过。看得见山，望得见水，在浓得化不开的美丽乡愁里，强烈的情感寄托和生命的理性自觉年复一年、日复一日地相互激荡，形成了永不枯竭的精神源流，那是自己与家乡、与国家、与中华休戚与共的壮怀和信仰。

秀山丽水，通江达海，水天相接处，世界之东方空前恢宏的景象一片蔚蓝、无比辽阔。

衷心感谢著名的散文大家、中国散文学会会长叶梅女士于百忙中为本书亲笔作序。衷心感谢重庆出版集团陈兴芜女士、郭宜先生和马岱良、肖陵、冉冉等好友及各位编辑的悉心指导和有力帮助。

在本书写作的百余天时间里，我的夫人和女儿给予了我更加细心的体贴和爱护，一并表示感谢。

今天是重庆直辖25周年纪念日，谨以此书向重庆问好，向祖国致敬。

张 刚
2022年6月18日